FAKE SHIT

スイート・ホーム

ひちわゆか

幻冬舎ルチル文庫

CONTENTS ✦目次✦

スイート・ホーム

スイート・ホーム……5
アイジン……171
カササギの夜 II……279
あとがき……315

✦カバーデザイン＝吉野知栄（CoCo.Design）
✦ブックデザイン＝まるか工房

イラスト・如月弘鷹✦

スイート・ホーム

1

「……なあ、悠一《ゆういち》。若返りの薬って、どっかに売ってないかな……」

珍しく思い詰めた顔をして、岡本柾《おかもとまさき》はスティックシュガーをこねくり回している。真ん中で折られたり捩《ねじ》られたりされて、ピンク色の包装紙はすっかりヨレヨレだ。

その横で、分厚い古木のカウンターに肘《ひじ》をついて新刊のミステリを読んでいた佐倉《さくら》悠一は、今年でとうとう十年目の腐れ縁に突入する友人の、頭の腐ったような質問に「帰ろうか……」と、本気で思った。なにしろ、二時間も遅刻してきた上に三十分も黙りこくった挙句の一言である。

「バイアグラでも飲めば？」

そのそっけない回答は、腐れ縁の友人にはお気に召さなかったらしい。スティックシュガーをこねくっていた手をぴたりと止めたと思うと、今度は水滴でカウンターに「の」の字を書きはじめた。

「悠一、最近冷たい……」

「………」

悠一の眉《まゆ》がピクリとした。

冷たい？　いったい誰のことだ？　まさかとは思うが、連絡もなく二時間も人を待たせて、「一口」とねだってサンドイッチを一口でぜんぶ食べてしまった上に、「給料前……」と水だけで我慢しようとする誰かにコーヒーまで奢《おご》ってやった、このおれのことじゃないだろうな、まさか。

……今日という今日はでっかいその目ン玉、コーヒーにぶち込んでガッシャガシャ洗ったろか。

しかし、喉《のど》まで出かかった罵倒《ばとう》を、悠一はぐっと飲み込む。これができるのも、十年という腐れ縁の賜物《たまもの》だと、最近つくづく思う。

甘やかしすぎだ、過保護だとからかってくる大学の連中には、是非こう云《い》ってやりたい。これは妥協と忍耐という、精神修行の一環なのだと。

そうとでも思っていなければ、ニューヨークに住む恋人から帰国の連絡が来るたびに、浮き足立って、日常生活がまるでおろそかになってしまう人間の相手は到底できない。これから恵比寿《えびす》まで映画に行く約束だったのに、アルバイト先のジャンパーとツナギのままで待ち合わせにやってくるようなやつ——着替えも持ってきていないのをみると、どうせ映画のことはすっぽり頭から抜け落ちているのだろう。

柾は大学一年のときに二輪免許を取り、中距離バイク便のアルバイトをしている。大方また配達先で容姿のことをからかわれてきたに違いない。顔を合わせると必ずケツを撫《な》でるオッサンだの、隙《すき》あらば擦《す》り寄ってこようとする巨乳の事務員だのに、年中悩まされている。オッサンはともかく女性を張り倒すわけにもいかず、ストレスが溜《た》まる気持ちはわかる。

しかも、明日から一週間の予定で帰国する恋人、四方堂貴之《しほうどうたかゆき》に関する話題が一言も出ないところをみると、よほどダメージを受けているとみえる。二人が会うのは正月以来のはずだから、さぞ盛り上がっていることだろうと覚悟してきたのだが。

どっちにしろ、この様子では、映画を観に行ったところで頭に入ってこないだろう。どうせうちに泊まるつもりだろうから、DVDでも借りてスーパーに寄って……今日は寒いから牡蠣《かき》の土手鍋《どてなべ》にするか。ああでも味噌味《みそあじ》はマロニーちゃんが合わないって拗《す》ねるな。じゃあ寄せ鍋にして、明日の朝は浅蜊《あさり》の味噌汁と……。

「ねえヒゲさん。ヒゲさんなら知らない？　若返りの薬」

端整な顔の真ん中に深い縦皺《たてじわ》を作って、また大学の連中にからかいのネタにされそうな甘やかしメニューを組み立てている悠一をよそに、柾は店の主人に質問をふった。

カウンターの対面は吊棚《つりだな》になっていて、カップや小さな置物が所狭しと並べられている。コーヒーをドリップしていたヒゲさんは、うーん、と難しそうな顔で顎鬚《あごひげ》を撫でた。

「若返りねえ……ボクもバイアグラくらいしか思いつかないけど。けど、なんでまた？　いったいどのくらい若返りたいの？」

ヒゲさん、は口から顎にかけての立派な髭からついた仇名《あだな》だ。白髪まじりの頭に、笑うと深い皺がたくさんできる角張った顔。ダンガリーシャツとくたびれたジーンズがよく似合っている。

ドライカレーとコーヒーが名物のヒゲさんの店は、二人の通う大学の近くにあり、ランチ時には学生で賑《にぎ》わう。

近ごろ流行《はや》っているような小じゃれたカフェやビストロなどではまったくなく、店内は狭いしなんとなく薄暗く、客から自然に集まってきてしまったという怪しげな仏像だのランプだの壺《つぼ》だの、使い方も分からないアフリカの楽器だのが所狭しと飾られ、BGMは年中クラシックだ。

だがそのゴチャゴチャした統一感のなさがなんとも心地好《よ》く、今では二人とも常連だった。もちろん店主の人柄も、足しげく通わせる魅力のひとつである。

「中学生」

「中学生?」

悠一とヒゲさんは声を合わせた。

「戻ってどうするんだよ。たいして変わってないぜ」

「変わったよ。身長は十何センチも伸びたし、髭も生えたし……」

「身長は認めるが、髭生えたのか? 膚《はだ》だってツルツルぴかぴかじゃないか」

「ぴかぴかっていえば、あれホラ、こないだ見せてもらった学園祭の写真。あれはかわいいかったねえ、シンデレラの扮装《ふんそう》したオカくん」

「あれは高二ですね。あのとき、スカートの上から股間《こかん》確かめようとしてオカに回し蹴《げ》り食らったやつ、まだこめかみに傷が残ってますよ」

「意外にバイオレンスなんだね。でもあの頃に体が戻っちゃったら、バイクに乗れないんじゃない？　今は細いなりに体格がしっかりしてきたけど、初めてここに来てくれた頃は、ひょろひょろでモヤシみたいだったよ、ははは」

「はははは、ですよねえ。ってわけだ、オカ。無理にモヤシに戻ることはないぜ。どうせ中身は変わってないんだから」

「……悠一。おまえの日頃のおれに対する気持ちがよーくわかったよ。表に出ろッ！」

「いやだ。寒い」

「ははは、まあまあ。でもなんでまた急に中学生なの？」

「ん？　うん……」

柾は急になにやら思い出したらしく、再び悩ましげに眉をひそめた。

横から見ると、鼻梁《びりょう》や顎の輪郭が近頃ぐっとシャープになったことがよくわかる。頬《ほお》の丸みなどは一目瞭然《りょうぜん》だ。

煙草をやらないせいか——いや、きっと生まれつきなのだろう、膚はなめらかでシェービングの跡もほとんど目立たない。涼しげな眉。以前は大きさばかり目立って山猫のようにきつく感じられていた二重《ふたえ》の目は、歳《とし》相応の落ち着きと色気さえ漂わせるようになった。身長一八〇センチ。髪型にも服にも（今なんかツナギだ！）手も金もかかっていないが、内側から発散されるいきいきとした野性味と、動作のしなやかさとが、まったくそれを感じさせない。

目鼻立ちだけなら、もっと整った、美しい人間はいるだろう。だが一目で人を惹《ひ》きつける魅力を備えた人間は少ない。二十一歳の岡本柾は、その数少ないひとりに成長していた。

「実はバイトで今日の昼過ぎに、舞浜《まいはま》のホテルまで配達に行ったんだけど。……そこに」

と、二十一歳の彼は、思わせぶりに一度息を溜めた。

表情の深刻さにつられ、悠一とヒゲさんも身を乗り出す。

「そこに？」

「出たんだよ。すんっげえ……美少年が」

柾のアルバイト先は、依頼の八〇パーセントが都内在住の企業だ。得意先は主に出版、デザイン、建築関係。電話一本で関東一円、どこへでもバイクで集荷配達にかっとんでいく。

今日の仕事は千葉県舞浜市だった。都内の建設業者からの依頼で東京ディズニーリゾート《TDR》付近のホテルまで配送に向かった柾は、そのロビーで、懐かしい母校の制服を見かけた。

カフェオレ色のブレザーに、ココア色のネクタイ。上着と白いワイシャツの胸ポケットにエンブレムの刺繍《ししゅう》。東斗学園《とうとがくえん》中等部の制服だ。校章を確認するまでもなかった。同じ制服を柾も三年間、身に着けたのだから。

今でこそ、街で見かければ懐かしさと甘酸っぱい郷愁がこみあげてくるが、入学前の採寸でマネキンに着せられた制服を初めて目にしたときは、変な色、金持ちクサイ、キザっちい、とひどく不満だったものだ。四方堂家に預けられなければ、公立中学の普通の学ランを着るはずだったから。あんなのニコニコして着てるヤツ、頭おかしいんじゃないの、……なんて。まあ、ふて腐れていたわけである。

平日の昼間、TDR付近のホテルで、制服姿はただでさえ目立つ。学校をサボって遊びに来るなら、普通は私服を持ってくるだろうに。

だが、柾の目を惹きつけたのは、少年がただ母校の後輩であるというだけの理由ではなかった。

おそらくロビーにいた全員が、彼に注目していたと思う。

はじめ、精巧な人形が展示されているのかと思った。

頭が小さく、すんなりした首、華奢《きゃしゃ》でバランスのいい長い手脚。腰の位置もぐんと高い。つやつやした真っ黒な髪。そして透明感のあるミルク色の膚――すーっげえ美少女、と真っ先に思い、男子用の制服なのに気づいても男装の麗人かもと思ったほどだ。

どことなく憂いを帯びた、こぼれ落ちそうな大きな黒い瞳《ひとみ》。上品なラインを描く鼻。果物みたいな唇。それらが片手で包み込めてしまいそうにほっそりとした輪郭の中に、奇跡のようにきちんと収まっている。

いかにもおっとりとして、育ちがよさそうだ。大きな白いソファに行儀よく脚を揃《そろ》えて腰かけ、何度も手を組み替えたり、少し俯《うつむ》きがちになってみたり、誰かと待ち合わせなのか時時そわそわと首を正面玄関に向けたりしている様子は、なんとも微笑《ほほえ》ましく、思わず抱きしめたくなるほど可憐《かれん》で、愛らしい仔猫《こねこ》か白い鳥のように見えた。ほっぺたなんかバラ色だ。

周囲もお人形のような美少年の存在にそわそわしている。わざわざ立ち止まって上から下まで眺め回していく男もいれば、かわいーい、あれ男の子？　マジで男？　と聞こえよがしにヒソヒソやっているカップルもいる。

柾にも、服装によってはしょっちゅう女の子と間違えられていた時期がある。十三、四だと人によれば変声期も迎えていない、体毛も少ない、いわば「中性期」だ。あの子も同じような目にあって苦労してるんだろうなあ……と、柾の中に、しみじみとした同情心と仲間意識が芽生えた。

あと一、二年もすれば、喉仏ができて胸板にも少しずつ厚みが出てくる。電車で間違えて痴漢にケツを撫でられるのも、渋谷でナンパされるのも、勘違いした他校生からラブレターを送りつけられるのも、それまでの辛抱だ！　負けるな少年！

「……なにげに悲痛な過去を垣間見《かいまみ》させるエールだな」

悠一が眼鏡のレンズを磨きながら、眉をひそめている。べつに友の悲痛な過去への同情を示したわけではなく、それくらい目を細めないと手元が見えないのだ。最近視力がガクンと落ちて、授業以外でも眼鏡をかけるようになっている。

ヒゲさんは電話がかかってきて席を外している。店内は二人だけだ。

「で、その美少年がどうしたって？　まさか、その子を見て『おれにもあんなバラ色のほっぺた時代があったっけ。あぁあの頃に戻りたい。そして貴之にかわいいねってギュッてされたい』って涎垂《よだれ》らしてたってわけじゃ」

「当たり」

「…………」

「さっすが悠一。伊達《だて》に腐れ縁じゃないね。以心伝心ってやつだな」

「…………」

「なんだよ」

「……いや。ちょっと頭痛が」

「お大事にな。――おれと貴之が初めて会ったのが、おれが十三……ちがうな、まだ誕生日来てなかったから、十二歳だ。ってことは、貴之まだ二十四歳だったのか。すっごい大人に見えたけど、今のおれとあんまり変わらないんだよな……」

柾は少し遠い目をした。

その経緯は、悠一も以前から聞いている。

中学入学を目前に母親がミラノにある家具工房に留学が決まり、柾は亡くなった父方――つまり、かの大財閥、四方堂家に預けられた。通学のために都内に建てられた家でお目付け役として六年間同居したのが、叔父《おじ》、貴之だ。

ただし彼は柾の実父の死後、養子に入った人間で、また柾は出生時、母親の非摘出子として届けられたため、二人には血縁の実際の繋《つな》がりはない。いまもまだ柾は四方堂の籍には入らず、岡本姓のままだ。よって、戸籍上でも他人である。

それはともかくとして。

「二十四歳と十二歳か……。そこはかとなく犯罪の匂いがするよな」

「そこはかとなくどころか、今なら完全に淫行罪《いんこうざい》だよ。あ、そーいえば知ってたか？　ロリコンの男バージョンはショタコンっていうんだって。年上のヒロインに食われちゃったロボットアニメのショータローって主人公が語源らしいぜ。ショータローコンプレックス、略してショタコン」

「……また宇川《うがわ》助教授だな？」

眉をひそめて磨き上げた眼鏡を鼻にかけ直す。柾にそんな偏った知識を吹き込むのは、あのデブオタしかいない。

柾が専攻する文化財保存学の助教授で、まだ若いが、石造建築保存の第一人者だ。もっとも学生間ではどちらかというと、アニメキャラのTシャツを着て教壇に立つ一二〇キロの巨漢オタクとして名を馳《は》せている。来年、院に進むための相談に乗ってもらっているうちに親交を深めたようだが、妙なことまで影響を受けてくるのには閉口ものだ。

「でさ。その子を見て、改めて思ったんだけど」

柾は物憂げに溜息《ためいき》をついた。

「おれもあと二、三年で、初めて会ったときの貴之の歳に追いつくだろ？　けど、相手がいっくらすごい美少年でも、中学生相手じゃ食指が動かないよな。この際モラルは置いとくとしても」

「だろうな。おまえは年上のデカいのが好みだから。……ああ、それでか」

ようやく合点がいった。柾の横顔を見遣《みや》る。

「貴之さんがショタコンなんじゃないかって、疑ってるわけだ」

「………」

「あほか」

「あほ云うな」

「じゃバカだ。鏡見てこい。身長いくつだ。もしあの人が本当にショタコンの変態だったら、おまえはとっくに捨てられてる。同棲《どうせい》六年、ニューヨーク東京間で遠恋四年目？　一度は駆け落ちまでしておいて、今更なんの心配だかな」

「え？」

「あ？」

「いや、心配はしてないよ？　だって貴之、おれにメロメロだもん」

「………………」

「なんだよ。その脱力したよーな顔は」

「……してるんだよ。ようなじゃなくて」

悠一は片手でこめかみを揉《も》んだ。本当に頭痛がしてきた。

「今思えば、中学時代のおまえは本当にかわいかったよ。可憐さは皆無だったが、羞《は》じらいってものを持ってた。少なくとも喫茶店のカウンターでノロケたり、研究室のパソコンでSMサイト巡りをするやつじゃなかった……いったいあの羞じらいをどこでなくしてきたんだ？　探せ、いますぐ学生課に紛失届を出してこい」

「SMじゃないよ。ただのアダルトグッズサイト。ゼミの先輩が彼女に使うグッズ通販したいっつって検索してたから、手首用の拘束具は内側にファーがついてるヤツだとわりに痛みがなくていいけどサイズはきちんと確認しないと血流止まってヤバイですよってアドバイスしただけなのに、いつの間にか尾鰭《おひれ》がついてんだよなー」

「それはな、尾鰭どころか背鰭ってレベルだ」

「んだよ。いーじゃん。だいたい二十一にもなって下ネタで羞じらってるほうが問題だっつーの」

「若さより羞じらいを失うほうが大問題だ。貴之さんもそう思ってるかもな？」

「貴之は……」

柾は反論しかけたが、そこにヒゲさんが戻ってきたので、カウンターの下で悠一の椅子を蹴飛ばすのにとどめた。

しかし「貴之は」の後に、聞くに堪えない下品なノロケがくっつくはずだったのは間違いない。それがわかるのも、十年の腐れ縁の賜物だ。

「そういえば佐倉くん、のんびりしてるけど、就職活動はどうしてるの？」

「まあぼちぼち。今のバイト先が卒業したら来いって云ってくれてるんで、あんまり焦ってなくて。それだけじゃなんなので、いくつか企業回りとエントリーくらいは……ああ、公務員試験は受けるつもりですけど」

「じゃ、小説は仕事しながら？」

「ええ。まだそれだけじゃ食っていけませんから」

悠一は、大学のミステリ研究会で発表した小品が出版社の目に留まり、雑誌にいくつか作品を発表している。

いずれは筆一本で身を立てたいと思っているが、そのためにも、一度は社会人としての経験を積むつもりだった。何事も勉強だ。今のバイト先は安給料だが残業はなく、空いた時間をフルに執筆に当てられるというメリットがあるものの、どうせなら大手メーカーや国家公務員を狙《ねら》ってみるのも悪くはない。

「オカくんは大学院だね？」

「あ、うん……そのつもりだったんだけど……ちょっと」

柾はまたスティックシュガーをグニグニといじりはじめた。

大学院への進学は柾の予《かね》てからの希望である。そのために日頃から教授たちとも積極的に交流し、熱心にフィールドワークに参加してきた。昨夏には、アシスタントとして大学の海外調査チームメンバーにも加わっている。一番下っぱだし、体《てい》のいいパシリだよと笑っていたが、宇川助教授のかわいがり方からみても、成績も評判も悪くないはずだ。

「……また、家のことか？」

すると、ほかに進路に水を注す要因は、四方堂家しか考えられない。

急に剣呑《けんのん》な目つきになった悠一を見て、柾はちょっと苦笑して首を振った。

「昨日、宇川先生の家に資料返しに行って、ちょっと話し込んでさ。まだオフレコなんだけど、先生、秋から海外の大学に客員で行くらしいんだ」

「そうか。寂しくなるな」

「で……将来フィールドやりたいんなら、院に進むのもいいけど、留学して実地で経験積むことも考えてみたらどうかって。おれも前から考えてはいたんだ。夏に教授のお供で海外に行ってみてよけいにそう思った。この分野は研究室で資料読み込んでチマチマ論文書いてたってなんの役にも立たないし、おれ自身も外で体動かすほうが性に合うし……けど日本は年功序列が厳しくて、ぺーぺーはろくに現場いじらせてもらえないだろ。で、その気があるなら、推薦するから一緒に来ないかって誘われた」

「いい話じゃないか」

「うん……。私費だから大変だけど、貯金ないわけじゃないし。大学の寮もあるっていうし、あっちでもバイト探すし。うまくいけばインターンフェローも取れるかもしれないし。けど……」

「そんないい話、なんで迷ってるんだ？　あっちって、留学先は？　ヨーロッパ？　中国？」

「………」

「ニューヨーク……ってことはないか。それならおまえが迷うがわけないもんな。貴之さんもいることだし」

　すると、柾の唇と眉間《みけん》にゆっくりと力が入った。まるで苦いものでも奥歯に挟まったかのように。そして憂鬱そうな溜息と共に云った。

「ビンゴ。ニューヨーク大学だよ」

2

見られている。と、気配で強く感じる。

同じ空間に、少し距離をおいて、まったく別々のことをしているのに、あ。いま見られてるな。と感じる。皮膚で。視覚以外の四感で。

振り向くと、相手は書類に没頭している。没頭するふりをしている。目と手がどんなに忙しく動いていても、意識の八〇……いや九〇パーセントはこっちに向いている。猫が、飼い主が買ってきた新しいオモチャが本当は気になってしょうがないくせに、知らん顔で窓の外なんか眺めるふりをしているときみたいに。

彼の意識が、彼の体から離れ、アメーバのように伸び縮みしながら、ゆっくり、ゆっくり、その熱く、柔らかな触手を伸ばしてくる。あ、触られる、と構えると、またするすると退いていく。

……すごく、ゾクゾクする。

暖炉のそばのソファで、柾は膝《ひざ》の上に広げていた分厚い本から、こっそりと視線を窓辺に移す。

大きなオークのデスク。ノートパソコン、どこかから届いた書類や印刷物の束。

少し皺になったピンストライプのワイシャツ。ネクタイは外して、喉のボタンを二つ開けている。そこから覗《のぞ》く、陽焼《ひや》けした膚。

精悍《せいかん》で色気のある、三十三歳の男の顔。細いメタルフレームの眼鏡が、上品かつ、いかにもやり手の印象だ。

惚《ほ》れぼれするほどいい男。

「経済界屈指の魅力的な東洋人男性」としてフォーブスの表紙を飾ったこともある、才能と名誉と人望に恵まれた男。

ビジネス界の誰もがその辣腕《らつわん》を、羨望《せんぼう》し、恐れている。——そんな男が、彼の首の後ろにあるらしいと部下たちが噂するオンとオフのスイッチを上手《うま》く切り替えられずに、まったくニュートラルな状態で……つまり目の前に山積みの書類や、ニューヨーク市場の推移に集中することも、かといって、部屋の隅で熱心に卒論の資料を読み耽《ふけ》っている恋人の邪魔をすることもできず、宙ぶらりんになっている。

それを無視する。——その快感。

だけど柾の無視も「ふり」だけだ。

パチンと暖炉の火が爆《は》ぜる。パラリと紙をめくる音。静かな音楽に混じって、カタカタとキーボードの音。コーヒーの匂い。……そんな、一見穏やかな室内で、柾の神経は貴之に向かって研ぎ澄まされている。広げた本は文字を追うだけが精一杯で、内容はまったく頭に入ってこない。

互いに激しく意識しあっていることは、どちらもわかっている。けれど、敢《あ》えてはぐらかす。黙って、相手の出方を探っている。

心臓のリズムがいつもより少し速い。でも苦しいほどじゃない。心地いい緊張。

座り方を変えて、ソファの上で胡坐《あぐら》をかいていた脚を伸ばして向かい側の肘掛けに投げ出すと、その音と気配に貴之がちらっと視線をよこした。言葉はない。けれど意識の触手が、するっ……と、むき出しの踝《くるぶし》に絡むのがわかった。

爪《つめ》の先で皮膚をそっと引っかかれたような感じ。まだ直接触られたわけでもないのに、内《うち》腿《もも》がぞくぞくっときて、柾は少し眉根《まゆね》をよせた。でも知らんぷりをする。まだ。もうちょっとだけ、この緊張感を楽しむために。

貴之がニューヨークに住まいを移してから、およそ三年になる。

柾はその間に高校を卒業し、大学に進学し、そしてこの春には四年に進学する。

大検でなく、きちんと高校を卒業し、祖父の提示した難関大学の経済学部に現役合格すること。――それは、祖父との〈取り引き〉だった。

二つの条件と引き換えに、柾は成人まで銀行の貸し金庫で厳重に保管されるはずだったパスポートを、手にすることができたのだ。

三年進級時に、もともと希望していた現在の学部に転部した。祖父が横槍を入れてこなかったのは、文化財保護なんて子供の遊び、そのうち熱も冷める。いずれ就職に困って泣きついてくるに決まっているという腹づもりだろう。

死にものぐるいで勉強して手に入れたパスポート。貴之に会うために使ったことは、まだ数えるほどだ。いくら格安のエアラインができたとはいえ、ニューヨークは一介の大学生が気軽に往復できる場所ではない。

一番の問題は、飛行機だ。あの事件以来、窓や扉が密閉された密室が柾は苦手だった。そのため二人の逢瀬《おうせ》は、今回のように貴之の東京出張を利用することがほとんどである。

東京―ニューヨーク間の超遠距離恋愛。

それこそ初期には、二人きりになるなり、盛った犬のようにやりまくっていた。貴之がこのコンシェルジュ付きの高級マンションを購入したのも、誰にも邪魔されず楽しむためだ。会っている間、ベッドと風呂しか記憶がないことが多かった。

いつの頃からだろうか。こんなふうに、敢えてストイックに過ごす愉《たの》しみを覚えたのは。人目を盗んでのキスもなし。成田《なりた》からの車内で手も握らない。レストランのテーブルの下で靴を脱いで、爪先《つまさき》で相手の脚をそーっと撫でたりもしない。

話題も当たり障りなく清潔だ。近況報告や、最近読んだ本のこと、大学のこと、四方堂邸の第二の主《あるじ》である黒猫のこと。部屋に入っても各々別のことをして過ごす。でも、そうやってさりげなさを装いつつも、相手の意識が、自分と、この後の行為だけに向いていることはビリビリと感じている。

じっくりと、そしてじりじりと、互いの興奮を煽《あお》っていく緊張と、快感。

――そう、なんのことはない。会ったその瞬間から、すでに前戯がはじまっているわけだ。

そしてこの夜、先に動いたのは貴之だった。

「風呂はまだいいのか？」

眼鏡を外して、デスクのトレーに片付ける。仕事中だけかける軽い乱視用のだが、柾に「老眼鏡」とからかわれるのを内心気にしているらしく、最近コンタクトレンズにしようかと密《ひそ》かに悩んでいるらしい。

秘書からその情報を入手してから、実をいうとちょっとだけ反省した。ついついオッサン呼ばわりしてしまうが、自分が二十代になってみれば、三十三歳なんて中年どころかまだ青年の域だ。

肉体も精神も、出逢《であ》ったばかりの頃に比べても、貴之は少しも衰えていない。声は少し低くなって、渋みを増して、すごくいい。

「んー……もうちょっとキリのいいとこまで。貴之、お先にどーぞ。疲れてるだろ？」

ページをめくりながら、わざと気のない返事をしてみる。キリもなにも一文字も読んじゃいないし、お先にもなにもバスルームは複数あるのだが。

「今日はすまなかったな。急に予定を変更させた。悠一くんと映画の約束だったんだろう？」

貴之の到着は、明日の予定だった。ヒゲさんの店から悠一のマンションに向かう途中、予定が一日早まって夕方成田に着いたと電話がかかってきたのだ。

「いいよ。どうせ映画はまたにしようってことになってたから。それに、貴之の休みが短くなることはあっても、繰り上がるなんてめったにないじゃん」

柾はゆったりと笑った。

「だから、電話嬉しかった。携帯ってあんまり好きじゃないけど、こういうときはやっぱ便利だね」

「……柾」

「んー？」

視線を上げると、革張りの椅子に深く腰かけた貴之と、目が合った。

ゾワリ、と耳の後ろに鳥肌が立つ。

心臓を射貫《いぬ》くようなその目が、欲しい、と云っている。

もうゲームの時間は終わりだ、と。

「おいで」

急激な口の渇きを感じながら、柾は本を閉じ、立ち上がった。

パチッと暖炉の火が爆ぜる。

毛足の固い絨毯《じゅうたん》が、足の裏をチクチクと刺す。欧米の生活スタイルに慣れた貴之は室内でも靴を履いて過ごすが、柾は真冬も素足だ。

履き古したジーンズに、古着のセーター。その下に肌着はつけていない。薄手のニットと皮膚の隙間に、貴之の右手が、直《じか》にゆっくりと滑り込んでくる。

「……んっ……」

そのなめらかな冷たさに、柾はびくっと首を竦《すく》めた。鼻から息が抜ける。

大きな両手が腰を包むように両側から支え、そのまま胸に向かって撫で上げながら、徐々にニットをめくり上げていく。柾は息を詰め、両手を伸ばして椅子の背もたれを掴《つか》んだ。上半身が貴之の顔に覆い被《かぶ》さる格好になる。

煌々《こうこう》とついたままの明かりの下、平らな腹部と胸が、恋人の目に曝《さら》されていく。膚は陽焼けしにくい性質《たち》で、ソバカスひとつなく、きめが細かい。その吸い付くような手触りを楽しむ手つきに、次第に息が上がっていく。

熱い……。

セーターがとうとう腋《わき》の下まで捲《めく》れ上がる。乳首が毛糸にこすられ、小さく息を詰める。追い打ちをかけるように、貴之が両手で遠慮なくその尖《とが》りをつまむ。神経の束を乳輪ごとぐにぐにと揉まれて、柾は喉をそらせた。

「膝を跨《また》いで、胸をわたしの口まで持ってきてごらん。うんとかわいがってあげよう」

「んっ……あっ、あ」

「どうした。しっかり立ちなさい。まだ息がかかっただけだぞ」

「ま……待って、きつ……ん、ん……」

「きつく？」

「ああァッ⁉　ち、ちがっ、それ、やだっ……」

「違う？　じゃあ、こうかな？」

歯を立ててしごかれ感度と赤みを増した乳首を、舌で転がしたかと思うと、今度は全体を唇に含み蜜《みつ》を吸うようにきつく吸い上げる。痛みとも熱さともつかない淫《みだ》らな快感が、ジーパンの中の分身にジンッと伝わる。上体が崩れ、柾は貴之の膝を跨いだまま両手を椅子の背にしがみつかせる格好になった。

反応の敏感さに、貴之がかすかに笑う。セーターを胸の上まで捲り上げたままで、手品師のように両手をひろげた。

「困ったね。咬《か》まれるのも吸われるのもいやじゃ、なにもできんな」

……こんの、エロジジイ……。

柾は大きく背中を上下させながら、潤んだ目で、貴之のつむじを睨み下ろした。

こういうときの貴之は、とことん意地が悪い。この体のどこをどれくらいのタッチでどういじればどうなるか、柾以上に知り尽くしているくせに、焦《じ》らして焦らして、追い詰めて愉しむのだ。

十四のときから、柾は彼しか知らない。あらゆる器官、皮膚、粘膜……舌の裏側に至るまで、彼だけの手によってひとつひとつ快感を探り当てられ、開発された、貴之だけの好みの体。

貴之がその逞《たくま》しさで、掻《か》き分けるようにゆっくりと内側に入ってくるとき、柾は、自分が彼のために誂《あつら》えられた手袋になった気がするのだ。

対等でいたい、自由でいたい……そう強く願うその一方で、この力強く美しい男に、ドロドロになるまで蹂躙《じゅうりん》され、魂まで支配されたいと欲する自分がいる。これが肉体が心を裏切るってことなのか、それとも、誰かを好きになると、皆こうなんだろうか。

貴之はどうなんだろう？　おれをどうしたいんだろう。おれで満足だろうか。……まだ、飽きてないだろうか？

二十一歳。もう昔のように中性的な顔立ちでもない。肩幅も胸板も腰も、一回り近く成長してしまった。

これからどんどん歳を取っていく自分に、貴之は幻滅したりしないだろうか？　どこをどうすればどう反応するか知り尽くしてしまった古女房より、もっと若くて新鮮な相手が欲しくなりはしないだろうか……？

ふと、昼間見た美しい少年の姿が脳裏をよぎった瞬間、

「あッ！」

敏感になっていた胸にフッと息を吹きかけられ、柾はビクッと首を撥《は》ね上げた。

「どうした、ぼんやりして」

「べつに……なんでもない。……ちょっと考え事」

「そうか。じゃあわたしは風呂に入ってくるよ。ここを空けるから、ひとりでたっぷりと考え事に耽るといい」

……あ。

貴之、拗ねてる。

すましていたって、つき合いも長くなれば、それくらい察せられる。昔はこんなとき、焦らしていじめて楽しんでるんだとムカついてばっかりだったけれど。

嫉妬《しっと》深い貴之。でも、それが嬉しい。この執着が、同時に、愛情のバロメーターでもある気がするから。まだまだ冷めていないと実感して……安心できるから。求められている、愛されていると実感できることは、なににも代えがたい悦《よろこ》びだ。

「ほら……柾。どいてくれないと立ち上がれないだろう」

「……やだ」

甘えたように応《こた》えてやると、貴之はわざとらしく溜息をついた。

「我儘《わがまま》な坊やだ。セーターをそんなところまで捲《まく》り上げて、乳首を尖らせて人の顔の前に持ってきておいて別のことを考えているようないやらしい子は、わたしの手には負えんな」

「だってセーターは……」

「だってじゃない。してほしければ、どこをどうされたいか、はっきり云うんだ」

口調が、穏やかな、かつ傲慢《ごうまん》な命令に変わる。

「云ってごらん。柾は、そんな格好でいったいどんな恥ずかしいことを考えていたんだ？」

ぞくぞくっと鳥肌が立つ。いま貴之がどんなに期待に満ちたいやらしい顔をしているか、見なくてもわかる。

柾は深く息を吸い込んだ。

「……胸を」

顔が熱い。目をつぶる。

「さわって……ほしい」

長い手指が、薄い筋肉で覆われた両胸を包む。もう冷たさは感じない。柾は唾液《だえき》を飲み込んだ。

「違う。いじって」

手の平が軽く胸全体を揉みはじめる。ちがうと柾は首を振った。相手の思うツボだとわかっていても、深みに足を突っ込まずにいられない。

ひと月だ。ひと月も貴之に触ってもらっていない。貴之を触っていない。

「そこじゃなくて……」

「そこじゃなくて？　はっきり云いなさい」

「……乳首も……」

　頭がぼうっとしてくる。

「乳首はいやなんだろう？」

「そっと……なら」

「そっと？」

「んアっ」

　先端を爪の先がスッと掠《かす》める。それだけだったのに、裏返った卑猥《ひわい》な声がほとばしり、思わず貴之の肩に爪を立ててしがみついていた。引いていく余韻で腰がガクガクする。

「あ、……あ……」

「強すぎたか？　困ったな。これ以上そっとするのは難しいんだが」

「やっ、待っ、あ、い、ァっ」

「まだ撫でてるだけだよ」

「ん、うそ、だ、あ、あっ」

「そんなに敏感じゃ、服に擦れても感じてしまって困るだろうね。かわいそうに」

　言葉嬲《なぶ》りに、股間がいやでも反応してしまう。

　柾の乳首は性器に次ぐ性感帯だ。行為後の過敏になっているとき以外でも、シャツに擦れただけで声が出そうになることがある。ひとりのときならいいが、思わぬとき、たとえば電車や授業中など、周りに気づかれなかったかとひそかに冷や汗をかくこともあった。

そんなことまで見透かされていたような気がして、ますます顔が熱くなる。

ここは柾の淫乱スイッチだな、とからかう貴之に、悔しいが反論できない。女性でもそこが感じるのは半々くらいだと昔なにかで読んで、ショックだった。感じすぎるから、自慰のときもいじらないくらいなのに……。

「貴之……ベッドに……」

切れ切れな息をかき集めて訴える。

胸を執拗《しつよう》にこねられながら立っているのが辛いせいもあるが、一九〇センチと一八〇センチの成人男子が乗っかって夢中でギシギシやったら、いくら頑丈な椅子でも壊れてしまう。すでに前科三犯。こうしょっちゅうじゃ秘書に厭味《いやみ》を云われそうだ。

貴之がゆっくりと手前に乳首を引っ張り、呻《うめ》きながら倒れてきた柾の唇に、柔らかく唇を擦り合わせた。

柾は軽く口をあけ、濡《ぬ》れた舌で貴之をまさぐった。だが貴之の唇はなかなか開かない。物足りなくて、おねだりの軽いキスをくり返しているうちに、頭がまたぼうっと痺《しび》れてくる。胸がジンジンして、ジーパンの中はガチガチで……苦しい。

「スケベだな……わたしの坊やは」

宝石のように硬くなった突起をつまんだ指を擦り合わせながら、貴之が淫靡《いんび》に笑った。

「これだけでそんなに腰をくねらせて。もう下着を汚してしまってるんじゃないか？」

耳に血が集まった。もし汚れていたとしたって、半分は貴之の意地悪のせいだ。

軽く耳朶《みみたぶ》を咬んでやる。太い首の筋に緊張が走ったのを見て、柾はほくそ笑んだ。

相手の弱点を知り尽くしているのはお互い様だ。貴之は、濡れた音を立てて耳を嬲られるのに弱い。くすぐったいからと嫌がるけれど、隠してもムダだ。挿入のときこうすると、受け入れたものが驚くほど質量を増すのだから。

耳と唇を熱心に責めながら、右手をそっと胸板に添わせる。

浅い呼吸。心臓のリズムが速い。胸のボタンを、焦らすようにひとつずつ、ゆっくりと外していく。

ワイシャツをひろげる。

張り詰めた褐色の膚は少し汗ばんで、しっとりしていた。緩やかに盛り上がった胸筋。腹部へと続く、少しの弛《ゆる》みもない体のライン。

その頂点にある突起に親指をかけて丸く動かしてみると、柾の同じ部分をつまんだ指から、鋭く緊張が伝わってきた。貴之はあまりここは感じないのだが、今夜は過敏になっているようだ。

きちんと撫でつけていた黒髪が乱れ、切れ込みの深い二重の眦《まなじり》がうっすらと上気している。

すごくそそる顔だ。自分もまた興奮していくのを感じながら、柾は手の平を腹部に這《は》わせた。

スラックスの中に手を入れ、性器を引きずり出す。それはもう固く張り詰めていた。どうだと云わんばかりの満足そうな顔で、柾はにやっとした。

「おれの坊やはドスケベだね」

その口がいきなり、貴之に塞《ふさ》がれた。

舌をねじ入れられ、口中を蹂躙される。柾も自分から弾力のある舌に舌を絡みつかせた。唾液を交換し、飲み下す。くらくらする。今日初めて、やっと与えられた、それもキスなんて生易しいものじゃない、本番並みの激しさ。この興奮のままイキたい。ジーパンのボタンを外そうと股間に持っていった手を、貴之が阻んだ。

「だめだ」

「え……」

肩を弾ませる。触ってほしくて股間がずくんずくん疼《うず》いている。

「胸だけでいかせてあげるから、感じてごらん」

首を振った。いくら性感帯でも、胸の刺激だけじゃ射精には至らない。近い状態になったことは何度かあるけれど、それは性器や尻をたっぷりいじられて準備されていたからだ。

「無理……だよ」

「できるよ。柾なら」

できない。また首を振る。

「そうか。なら仕方がない。我慢しなさい」

貴之は柾の小さな頭を片手で覆うと、跪《ひざまず》かせ、自分の股間に導いた。その間も自分で胸を揉み続けるように命じられたが、感じすぎて、軽く触るのがやっとだ。

濃い雄のにおい。早く自分の中に収めたくて、ためらいなく口を開く。顔を沈める。先走りの味と長さに喉が刺激され、吐きそうになるが、我慢して口いっぱいに頬ばった。

熱い。それに鋼鉄のようだ。裏側の太い血管に舌の上を擦られる。エラの張った太いカリ首。

……今からこれで犯されるのだ。

「う……」

想像だけで、軽く達したようにブルルッと背筋を震わせてしまったのを、貴之が見逃すはずがなかった。

いきなり柾の頭を持ち上げると、裾《すそ》が下りてしまっていたセーターをまた腋の下まで捲り上げ、さっきまで柾の口の中にあった肉棒を乳首にこすりつけたのだ。

「ああっ……！」

ルビーのように紅くしこった肉芽を、先走りで濡れた鈴口がぴったりと覆い……ヌルッとめり込む。実際には撫でられただけだろう。だが、乳首までも犯されたような錯覚は、ギリギリまで張り詰めていた柾の性感をピンッと弾《はじ》いた。全身に火花が走った。

のけぞった背中を太い両腕が強引に引き戻し、激しいキスで今度は唇を息もできぬほど犯される。腹部に貴之の濡れた、熱い脈動が密着している。舌を強く吸い上げられたまま一番感じる左の乳首に爪を立てられた刹那《せつな》、柾は素手で掴まれた魚のようにビクン、ビクン、と跳ねた。快感のあまり、涙がつっと目尻に伝った。

「あ……」

くたくたと力を失った下肢から、ジーパンと下着を剝《む》かれる。

ボクサーショーツの股布に、ゼリー状の液体が、粘りのある糸を引いていた。赤くなって手の中に丸めようとしたが、貴之は、わざわざ裏返して汚れを見せつける。

「精液だな」

ハアハアと肩が上下する。背けようとする頤《おとがい》を、人差し指でくいっと仰向《あおむ》かせる。

「さっきは感じない……と云わなかったか？」

「……貴之」

畜生。どうしても潤んでしまう目で、力なく、恋人の顔を睨みつける。

「なんだ？」

「エロジジイ」

すると年上の恋人は鼻先でふっと笑い、下着のぬるぬるを指に取ってぺろっと舐《な》めたのだ。

「ばっ……」

急いで取り上げる。

「濃いね」

「な、こ、こ、こい、ばっ……へへへへ変態っ！」

わざと舌を見せて粘っこく指をしゃぶりながら、貴之はにやにやと目を細めている。

……っくしょう…。

柾は半端なままだったセーターを頭から引っこ抜くと、すっと立ち上がった。

目の前に曝された若く、一糸纏《まと》わぬ引き締まった裸体に、貴之の目がゆっくりと細められる。見えない部分まで、視線でたっぷりと犯しはじめる。

息が詰まる。だが、ここで怯《ひる》んだら負けだ。

柾は挑発的に軽く顎を持ち上げ、床にセーターを投げ捨てた。

「来いよ。……今日こそは鳴かせてやる」


で、結局のところは、鳴かされてしまったわけですが。

寝不足の目をこすりながら、柾はプールサイドでシャワーを浴びていた。

マンションの五階に設けられた、住人専用の温水プール。その辺のジムより水質も管理もよく、柾はここに泊まると必ず、ありがたく利用させてもらっている。

昨日の曇天とは打って変わって、外はいい天気だ。透明な水面が、天窓から降り注ぐ光を眩《まばゆ》いばかりに弾いている。ここでよく顔を合わせる老夫婦が、ジャグジーに並んで入って、仲よく表の景色を眺めていた。通りを挟んで広がる公園の常緑樹が、見事な借景になっている。

貴之がこのマンションを――それも、高台にあるとはいえペントハウスではなく三階の低層に部屋を購入したのは、もちろんこのプールやこの景色のためではない。ある事件のトラウマから、エレベーターが苦手になってしまった柾を気遣ってのことだった。

拒絶反応はエレベーターだけではない。暗い場所、鍵の掛かった密室、窓が開かない閉塞《へいそく》的《てき》な空間や乗り物すべて。つまり、飛行機、新幹線、倉庫……そして、船。

専門家のカウンセリングを受けてかなり回復してきたが、少し前までは、大型船の映像やエレベーターの前に立つだけで気分が悪くなった。大学の書庫の扉を誤って閉められてしまい、パニック状態から過呼吸に陥って失神したこともある。

とはいっても、根が楽天家なのか、柾本人はこの状態に悲観的ではなかった。治らない病気ならそういうものだと思ってつき合っていくだけだし、治るものなら時がくれば自然に治癒するだろう。むしろ周囲のほうが、心配のあまり神経質になっている。貴之も、悠一も……そして四方堂の祖父たちも。

睦《むつ》まじくジャグジーに浸《つ》かっていた老夫婦が、プールサイドの柾に気づいて、にっこりと会釈をくれた。柾もこんにちは、と笑顔で返す。いつも穏やかで、感じのいいご夫婦だ。デッキチェアから様子を見ていると、ローブを羽織った恰幅《かっぷく》のいい中年の男性が、飲み物をトレーに載せて二人に近づいていった。

親しげに言葉を交わしながら水着になって、一緒にジャグジーに浸かる。年代から、多分彼らの息子だろう。夫婦は去年福井《ふくい》から、東京の息子夫婦のところへ出てきたのだと話していた。

自分たちは公務員で、田舎でつましく生活してきた、年寄りにはどうもこんな高級マンションはなじまなくて、……そんなふうに話していたけれど、二人とも、ひとり息子と一緒に暮らせることを心から喜んでいた。

男性が、ふと柾のほうを向いて、軽く会釈した。きっと羨《うらや》ましそうな顔で見ていたに違いない。赤くなった顔で慌てて挨拶を返し、水に飛び込んだ。

貴之が夜明けまでしつこかったせいで、体が重くて、どうも調子が出ない。午後の予定のことを考えて軽く切り上げ、部屋に戻ると、恋人はまだ寝室でうだうだしていた。

情事の翌朝の、饐《す》えた臭いがかすかにこもっている。フローリングに昨日脱がした貴之の靴と靴下がまだ散らばったままだ。

それを拾い集めて、窓のブラインドシェードを巻き上げ、換気のために細く窓を開ける。寝室がパアッと光で満たされた。冷たい風も気持ちいい。小鳥のさえずり。テーブルを置いた広いバルコニーにも、明るい冬の光が溢《あふ》れている。

いい天気。小春日和だ。

気分よく次々とすべての窓のシェードを上げてベッドを振り向くと、貴之は眩《まぶ》しそうに、すっかり頭から布団を被ってしまっていた。

シーツから髪の毛が少しだけはみ出している。仕事のときは目覚ましのアラームより早く起きる男が、最近見せるようになった、こんな姿。一緒に暮らしていた頃は、普段はもちろん休日でも柾より遅く起きてくることはめったになかった。きっと、目付け役として手本を示さねばと、気を張っていたのだろう。

それだから、こんなふうに寝汚《いぎたな》かったり、ルーズだったりする貴之の姿を見ると、頬が自然に緩んでしまう。

柾は枕もとに膝をついて、はみ出した黒髪をつんつんと軽く引っぱった。

「おはよ、貴之。もう昼だよ。起きてシャワー浴びてきなよ」

「……まだ昼前だ……。休日くらいゆっくり寝させてくれ」

「休みだからってゴロゴロしてると、体のリズムが崩れて、かえって疲れが抜けにくくなるんだって。悠一が云ってた。シャワー浴びて、メシ食って、出かける支度しよう？　今日はマチネだから、渋滞のこと考えて二時過ぎには出かけないと」

「ああ」

「昼めし食いながら今日のオペラのレクチャーしてくれる約束だろ？……なあってば。外に出るの面倒だったら、なにか作ってあげるからさ」

「ああ……いいね。では出来上がったら起こしてくれ」

「たーかーゆーきーっ」

「あと五分……。いい子だから」

このぉ……。

「あっそ。ならいいよ。どうしても起きねー気なら……こうだっ！」

上掛けをまくって、右手を突っ込む。裸の背中を冷たい手でペタリとやられた貴之は、海老のように跳ね上がった。柾はにやにやした。

「どーだ。目ぇ醒《さ》めただろ？　ハイ、起きた起きた」

「……」

「え？……あれ？……貴之？」

モゾリともしない。……怒った？

おずおず、シーツから手を出す。と、それをやにわに摑まれ、ベッドに引きずり込まれた。

「うわ！」

頭にシーツを被せられ、そのままぐるぐる巻きにされる。さらにその上から、逞しい両腕が押さえつけるようにきつく抱きしめてくる。十センチも身長が伸びたのに、長身の貴之は、まだ余裕をもって柾を包み込んでしまうのだ。

もがいて、やっと顔を出しプハッと息をつくと、間髪を容れず、今度はキスの嵐だ。ほっぺたに額に鼻に唇に瞼《まぶた》に眉に、顔を背けると、耳や髪の毛、うなじにまで。

「ちょっ……タ、タイム、くるし……貴之っ」

「ごめんなさいは？」

「ごめっ、ごめんなさい、おれが悪かったです、あはは、そ、そこくすぐったいって！」

「うん？　どこが？　ここ？」

湿った髪を掻き分けて、右耳にチュウ。柾は笑って首をすくめた。

「ちがうよ」

「じゃあ……こっちだ」

「……ちがう。……もっと左」

「もっと左？……じゃあ……ここかな」

唇のわずかに真上で、貴之の声と吐息が振動する。柾は照れたように瞼を伏せた。

「うん……そこ」

少しかさついた唇が、柾の唇を、ゼリーのように柔らかく覆った。

「髪が冷えてる……乾かさないと風邪をひくぞ」

「ん……ちょっと泳いできた」

「朝から？　元気がいいな」

「誰かと違って若いから」

「こいつ……。まだいじめ方が足りなかったか？」

すっ、と目が光る。不穏なムードに、柾は顔をひき攣《つ》らせて慌てた。

「貴之――待っ……やめろよ朝っぱらからっ」

「朝だからこそ、利用できるものはすべきだろう。ほら」

「う、この……エロオヤジっ。変なモン握らせ……ん、あっ……」

「この変なモンで昨夜さんざんよがったのは誰だ？　ん？」

「だ……めだってっ……！　もう支度しないと遅刻するっ……」

「軽くだよ。流すだけだ」

うっそつけ！　流すだけですんだことがあるかよ。なんだっその固いのはっ！

片手で頤を押さえつけて、貴之の舌が口の中に入ってくる。

チュウなんて生易《なまやさ》しいものじゃない。きつく吸いこまれ、粘膜をまさぐられ、咬まれ、唾液を交換し……あ……だめだ、まずい…このままじゃ、本当に、流さ、れ……

「……あ」

抱きしめあったまま、二人は別々の意味合いで深い溜息をついた。電話のベル。渋々といった感じで両腕がほどかれると、柾はシーツの繭《まゆ》から脱出し、そそくさとバスルームに飛び込んだ。

洗面台の大きな鏡。自分でも嫌になるくらい顔が火照っている。

「貴之のやつ……せっかくプールで鎮めてきたのに、台なしだっつーの……」

冷たい水でバシャバシャと顔を洗う。情欲に火照った顔のまま人前に出られるほど図太い神経は持ち合わせていない。まして、劇場で待っているのは、祖父である。

今日の演目は『ドン・カルロ』、三時開演。三人でオペラを鑑賞し、食事を共にする。貴之の帰国に合わせ、ここ二年続いている恒例の行事だ。

二人を招待するために、初めて自分でチケットを買ったのは、大学一年のクリスマスだった。

絶縁状態の祖父と貴之の仲をどうにか修復できないかと、あれこれ考え、秘密裏にささやかな食事会を計画したのがそもそものはじまりだ。オペラのチケットをプレゼントするアイデアをくれたのは、祖父の趣味を隅々まで把握している、家政婦の三代《みよ》だった。

娘時代から四方堂家一筋に仕えてきた彼女もまた、柾同様、二人の仲違《なかたが》いにひどく心を痛めていた。まして祖父は、正道《まさみち》——柾の父親とも、結婚を反対し、溝のあるまま死に別れてしまっている。誰が同じ轍《てつ》を踏ませたいと思うだろう。

各々のスケジュールの都合もあり、「ご招待」が実現するのはせいぜい半年から三ヵ月に一度の割合だ。それでも、オペラのバカ高いチケット代を捻出《ねんしゅつ》するのは、四方堂家に月々生活費を入れている柾にとっては結構な負担だった。A席でも一万円以上。有名歌手の公演になると、どんなに安くても二万はくだらない。

四方堂グループがスポンサーになっている劇場や公演もあるので、頼めば安く入手することもできる。だが、それはしたくなかった。懐がさみしいときは、チケットセンターの安売りや、大学の掲示板などを利用してやり繰りをつける。つまらない意地だけれど、自分の力で為《な》し遂げることに意義があると信じていたし、信じたかった。

鏡を見ながら、濡れた顔と髪をタオルで拭《ぬぐ》う。さんざん貪《むさぼ》られた唇が、少し赤く腫《は》れているように見える。

湿った唇に、二本の指の腹でそっと触れてみる。貴之のように吸い返してはくれないけれど、口が寂しいときは、時々こうしてごまかす。照れ臭いので、恋人には内緒だ。

時間さえ許すなら、あのまま、もっとキスに溺《おぼ》れていたかった。もっと、もっと――何回でも――

初めてのキスから、もう何千回と同じ行為をくり返しているはずなのに、不思議だ。ちっとも飽きない。ベッドで、風呂場で。玄関でただいまとお帰りのキス。車の中で。オフィスで。エレベーターの中で――そして、駅で。

――アムステルダム。ユトレヒト駅。

霧のような小雨が舞っていた……。

「柾」

ノックの音に、柾は雨のアムステルダムから、バスルームへとたちまち引き戻された。

「中川《なかがわ》が電話を代わってほしいそうだ」

「わかった、こっちで取る」

中川は祖父の古くからの腹心で、貴之と柾の関係を知る、限られた人間のひとりだ。

電話の用件は、午後のスケジュールの確認だった。権勢症候群のきらいがある四方堂翁《おう》はどこへでもボディガードをぞろぞろと引き連れていくので、彼らの待機場所や駐車場の手配など、いろいろと厄介《やっかい》なのだ。

家で鍋でもつついたほうがずっと楽しいし、面倒もかからないっていうのに、未だに祖父は貴之に四方堂家の敷居を跨ぐことを許していない。

今朝プールで見かけた穏やかな親子が、ふっと脳裏に浮かぶ。あんなふうに仲よく並んで風呂に浸かる日は、いまのところ、夢のまた夢だ。柾は小さく息をついた。

およそ四年前。養父である四方堂翁から勘当された後も、表向き貴之の境遇はなにも変わってはいない。

四方堂翁と貴之が、表面上はこれまで通りの固い信頼関係を装いつつ、実はここ数年プライベートではまともに口もきいていないことは、柾を含むごく限られた側近だけが知る事実だ。

現在の肩書きは、四方堂グループ北米統括最高責任者。戸籍もそのままだし、次期総帥という立場も依然揺らいではいない。

祖父や、いまだに世襲にこだわる古参の一部には、柾を対抗馬として担ぎ出したい向きもあるようだ。むろん、柾にその意志はない。たとえあったところで、貴之に匹敵するような才能やカリスマ性があるわけがない。

第一、貴之に出て行かれて困るのは四方堂グループのほうだ。それほど貴之はあの大組織に深く関わり、かつ、大きすぎる影響力を持っている。それを一番よくわかっているのは、貴之を育てた四方堂翁自身だろう。

『ところで、ディズニーランドはいかがでしたか?』

ぼんやりしていたので、中川の質問に、「え?」と聞き返した。

いかがもなにも、TDRには、小学校の遠足に熱を出して行きそびれた思い出しかない。

それに昨日? バイトで舞浜まで配達には行ったけど——首を捻《ひね》っていると、重ねて、

『午後から急に曇ってきたのでお天気が心配だったのですが、一日もってようございましたね。事前におっしゃっていただければ、貸し切りにできたのですが……』

貸し切り！　柾は目を瞠《みは》った。

「あんなとこ貸し切りにできんの」

『まあ、そこはいろいろとございます』

「さすがー。ならアトラク並ばなくていいね」

『さようですね。昨日も混《こ》んでいましたでしょう？　もっともお二人で並ばれたら時間などあっという間でしたか』

朗らかに笑う中川に、柾も朗らかに云った。

「おれ、昨日はバイトだったんだけど」

『は？』

「二人って、どの二人？」

『………』

「………」

『これは失礼いたしました、どうも勘違いをいたしました』

「貴之、昨日誰とディズニーランドに行ったの？」

『いえ、ですからわたくしの』

「中川さん。あなたが話さないんだったら、隣にいる貴之に直接訊《き》いたっていいんだ」

沈黙する受話器。

彼らしくない失態だった。それだけに、深い動揺が回線越しにもひしひしと伝わってくる。気の毒に、と思わなくもない。大切に育ててきた四方堂の後継者が、十二歳も年下の……それも、血の繋がりはないとはいえ「甥《おい》」と愛しあっているのだ。受け容れがたい事実だろうに、よくつき合ってくれていると思う。祖父が未だに二人の関係に感づいていないのも、彼の工作のおかげが大きい。

しかしだからといって、ここで引いてやる義理はない。

柾はバスタブの縁に腰を下ろすと、肺にゆっくりと深く、息を吸い込んだ。そして最近覚えた、貴之を真似た口調で、穏やかに、かつ威厳をもって命じる。

「詳しく聞かせてもらおうか」

3

定刻通り劇場に現れた祖父の近くに、中川の姿はなかった。

舌打ちが聞こえたのか、四方堂翁を迎えるために立ち上がっていた貴之が、怪訝《けげん》そうに柾を振り返った。

「……逃げたな」

開演三十分前。観客はほぼホール内に片付いて、二人のいる二階ロビーは、心地いいBGMと客席のざわめきが漂っている。

四方堂翁は銀鼠色《ぎんねずいろ》の着物で、愛用の紫檀《したん》の杖《つえ》をつきながら、一階エントランスをゆっくりと横切ってくる。女性秘書とボディガードが二人、その後ろに従う。

「……そろそろ春物を誂えないといけないな」

二階のベンチからそれを見下ろしながら、無意識にネクタイをいじっていた柾に、この休み中に見に行こうか、と貴之が思いついたように提案する。柾も今日ばかりはスーツ姿だ。家では祖父が嫌な顔をするので、劇場では必ずスーツとネクタイを着用することにしていた。家ではジャージでうろついていても、この席ばかりは、祖父の機嫌を損なう真似はできる限り回避するようにしている。

一度大学でどうしても抜けられない用件があり、着替える時間もなくジーパンで飛び込んでしまって、教育がなっていない——と本人でなく貴之が叱《しか》りつけられる事態があってからは、尚更《なおさら》気をつけている。

「いいよ……去年も何着も作って貰《もら》ったし。勿体《もったい》ない。どうせ年中ジーパンなんだし」

「去年とは襟《えり》の形が違うよ」

貴之は少し腰を屈《かが》めると、さりげなく片手で柾のネクタイを直した。

「それに柾を連れて歩いて自慢するのは、わたしの楽しみなんだ。つき合ってくれるね？」

柾はピクッと首を竦《すく》めた。一瞬触れた指先が、異様に冷えていたからだ。

緊張しているのだ。祖父と会うときの貴之は、以前からそうだ。

彼は十二歳で四方堂家に養子に入ったと聞いている。もう二十年も昔のことだ。血の繋がった両親よりも長く、濃い関係を築いてきた養父に対して、なぜそんなに萎縮《いしゅく》する必要があるのか、柾には不思議でならない。

「いいよ。おれなんか連れて歩いても自慢にならないと思うけど……あ、そうだ。おれも行きたい所あるんだけど」

「いいとも。どこに行きたい？」

「東京ディズニーランド」

探るように、黒目をゆっくりと動かす。が、貴之の顔に思ったような動揺は表れなかった。

「わかった。中川に話しておくから、貸し切りにして、試験が終わったら友達と羽を伸ばしてくるといい」

「じゃなくて、貴之と行きたいんだよ。二人で」

言葉にするとずいぶん照れくさい。定番のデートスポットなんて行ったことがなかったし。

「おれ、まだ行ったことないんだ。貴之はあるだろ?」

「ああ。もうしばらく前だが」

「……しばらく前?」

「視察でね、一度」

「………」

口の中に苦いものが湧《わ》いた。

しばらく前? 一度? 視察で?

じゃあ、昨日は?

中川はチケットの手配を頼まれただけらしく、たいした情報は引き出せなかった。が、柾が同行したと勘違いしていたってことは、少なくとも仕事じゃなかったはずだ。

……嘘を、ついた。

貴之が、おれに。嘘を。

「悠一君たちとのほうがおまえも愉しめるだろう。それに、あそこは二人で行くような場所では……」

「冗談だよ。おれだって、男同士でディズニーなんてサムイ」

柾は勢いよく立ち上がって、話を打ち切った。

もやもやする。

そりゃ、貴之が絶叫マシーン乗ったり、頭の黒いネズミとはしゃいで記念撮影とか、想像できないけど。あんなキラキラした場所でデートとか、こっぱずかしくていたたまれないだろうけど。

だけど、なぜ隠すのか。正直に云ってくれればいいのに。誰とTDRに行こうが貴之の自由だ。そんなことで腹を立てたりしない。正直に話してくれれば、それ以上詮索《せんさく》する気にもならなかったのに。

どうして嘘なんか。今まで、一度だってそんなことは——

すっと、みぞおちが冷たくなった。

……なかった？　本当に？

「お久しぶりです、御前《ごぜん》」

貴之の慇懃《いんぎん》な挨拶が聞こえ、柾は考え事を中断させた。

皺だらけの癇癪《かんしゃく》そうな面構えの小柄な老人が、シミだらけの両手を杖の上にかけて、むっつりと口角を曲げて立っていた。

その顔は枝にぶら下がったまま冬を越した柿のようだ。数年前に動脈瘤《どうみゃくりゅう》を患ってから、頬が削《そ》げていっそう眼窩《がんか》が窪《くぼ》み、白髪頭もすっかり薄くなってしまった。

七十三歳。第一線は退いたものの、四方堂グループ総帥としての威光はいまだ衰えず、首相までつとめたある大物政治家がひと睨みで小便をチビったという逸話まである、経済界の妖怪。しかし柾にいわせれば、将棋でズルをすることばかり考えている、こすっからくて偏屈なただの頑固ジジイである。

老人は黄色く濁った眼球でじろりと目の前の貴之を一瞥《いちべつ》しただけで、声もかけず、「おい」と柾に向かって顎をしゃくった。

「どっちだ。席に案内せえ」

「……じーちゃん」

これみよがしな態度に、柾は大きな溜息をついた。

「なんだよそれ。急に耳が遠くなったわけじゃないだろ。返事くらいすれば？」

「柾」と、貴之が小声でたしなめる。

「いいから、翁をお席へご案内しなさい」

途端に、イラッとした。

「よくないだろ。挨拶されたら挨拶する、そんな当たり前のこと小学生だって……」

「まあ、四方堂の——じゃございませんこと？」

ソプラノの声に、三人は振り返った。

六十代半ばくらいの、痩《や》せた、華やかな和装の婦人がにこにこしていた。以前も劇場で顔を合わせたことがある。確か、日銀総裁の妹だ。

「よくお会いしますわね。今日も親子水入らずで？　まあ本当にいつも仲がおよろしくって、羨ましいですこと」

「はははは、いや実は、孫が自分の小遣いで我々を招待してくれましてな——なあ、貴之？」

——これだよ。柾はそっぽを向いた。うんざりだ。

打って変わって上機嫌の四方堂翁に、なごやかに相槌《あいづち》を打つ貴之。いつもながら唖然《あぜん》とするような変わり身の早さだ。

実は貴之と祖父を劇場で引き合わせる最大のメリットは、家の体面をなによりも重んじる四方堂翁は公式の社交場では絶対に諍《いさか》いを起こさない、という点である。たとえどんなに虫の居所が悪かろうと、顔を見るなり貴之を怒鳴りつけて喧嘩別れすることだけは回避できる。

その思惑は当たったものの、人目がある場所での祖父の取り繕いぶりといったら、舌を巻く完璧さだった。いかにも親密な父子といった演技には、疑いをさし挟む余地もない。

「ご立派な跡取りを二人もお持ちで、本当に羨ましいですこと」

この上品な老婦人もまんまと騙《だま》されている。

「特にニューヨークでの貴之さんのご活躍は、わたくしでさえ耳に挟むくらいですもの。四方堂はこの先も安泰ですわねえ」

祖父は糸になるほど目を細めた。

「いや、まったくおっしゃるとおりでしてな。この貴之のおかげで、このわしも心安く隠居生活が送れるというものですわ」

開演のベルが鳴った。

桟敷《さじき》に向かう彼女に別れを云い、杖を柾に預けると、四方堂翁は、貴之の手を借りてゆっくりとホールの入口に向かう。

しかしその親しさが持続するのは、客席の照明が落ちるまでと、幕間《まくあい》のわずかな時間だけだった。柾を間に挟んで着席した二人が親しく言葉を交わすことは、それきり一度もなかった。


夕食を摂るためにファミリーレストランに移動する間、柾は疲れのあまり、ぐったりとしてしまっていた。

貴之の嘘が気になって舞台に集中することも、居眠りすることもできずじまいだった上に、幕間に挨拶に押しかけてくる人々の相手や、祖父の機嫌取りに追われてトイレで一息つく暇もなかったことが、拍車をかけていた。

「今日のテノールはなっとらんな。まったくなっとらん」

クッションのきいた劇場のシートから、パステルカラーで花柄が描かれた安っぽい塩化ビニールのソファに席を移しても、まだ祖父はぶつぶつ云い通しだ。

なんでも、何十年も前にミラノのスカラ座で観たマリア・カラス以外どんな名優も褒めたことがないそうだから、祖父の「なっとらん」は「まあまあ」と意訳できるのだろう。本当に気に入らないときは途中で席を立ってしまうらしい。

らしいというのは、これまで柾がチケットを奢ったオペラでは、一度もそういうことはなかったからだ。ただそれが、祖父なりに気を遣っているからなのか、本当に「まあまあ」なのか、柾にはよくわからない。だいたい何を観ても三秒で眠ってしまうし、今日のなっとらんテノールの顔もよく覚えていなかった。

ビニールを破いて熱いおしぼりを広げ、両手を包む。肩の筋肉が緩んで、自然にふうっと溜息が出た。ストレス性の疲労には手を温めてやると効果的だと昔、教わったのだ。

「疲れたか？　今日は少し長かったからな」

それを教えてくれた貴之が、自分のおしぼりを広げて、冷えてきた柾のものとさりげなく交換する。柾の微妙な機嫌の悪さは、本当に疲れのせいだけだと思っているようだ。

突き返すのも大人気ない、と思った。だがなんとなく素直に受け取るのも嫌だった。柾はおしぼりを使わずに畳むと手もとに置き、ことさら機嫌よさげに「で、なににする?」と二人の前にメニューを広げた。今日はホスト役に徹しなければ。どんなに疲れていようと。

ウエイトレスたちがガラスのパーティション越しにこっちを覗き込んでヒソヒソやっているが、これもいつものことだ。

身なりのいい気難しそうな老人、かしこまったスーツ姿の大学生、そして向かい側の椅子で優雅にメニューをめくっているのは、同じスーツ姿でも、着こなしといい立居振る舞いといい、爪の先まで洗練され、一分の隙もない長身の紳士。

おじいちゃんを少し遅めの夕食に連れてきた歳の離れた兄弟——で片付けるには、あまりに場違いな三人連れだった。携帯電話の着メロがあちこちで鳴り、子供がギャーギャー走り回り、「冬のおすすめ! あったか具だくさんトマトシチュー」のポスターが貼ってあるファミレスより、道路を挟んだ高層ビルに入っている高級レストランのほうがどう見てもふさわしい。

とはいっても、柾の懐具合では、ファミレスが精一杯なのだ。それに、ちょっと頑張ったくらいでは、口の奢った二人を満足させるのは難しい。だからファミレス。四方堂グループの系列店を選ぶなど、これでも一応気を遣っているつもりだ。

意外なようだが、二人とも物珍しさが手伝ってか、文句もいわずつき合ってくれる。高血圧の祖父でも安心して食べられるメニューが増えたのもありがたい。

実をいうと、最近ではどこのファミレスでも珍しくなくなったこのヘルシーメニュー――魚中心で塩分や脂肪をかなり抑えた、体に優しい、つまり云ってみれば老人食は、養父の体を気づかった貴之が企画して、このチェーン店から展開されていったものである。

「なにか喉越しのいいもんはないのか」

老眼鏡をかけたがらない祖父は、目を細めてメニューを矯めつ眇《すが》めつしている。

「じゃ、稲庭うどんと麦とろ飯セットは？　食べきれなかったら、麦とろはおれが食うから」

「うむ。それにしろ」

「麺類は塩分が多いですよ」

たしなめるように貴之がやんわりと口を挟んだ。

「この頃また血圧が高いから少し控えるように、医者から云われているんじゃありませんか？」

「あ、そっか……じゃあ他の」

「うどんだ。かまわんからそれにしろ」

「でも医者に止められてるんだろ？　貴之もこうやって心配してるんだから」

「貴之？　はて、どこかにそんな名前の者が座っとるのか。わしの目にはなにも見えんがな」

「じーちゃんっ……」

思わず声を荒げかけた柾を、貴之が膝に手を置いてそっと制した。

仕方なく座り直したが、沸騰しはじめた鍋の泡のように体の内側がふつふつと滾《たぎ》ってくるのがどうにもならない。貴之が穏やかな様子で平然としているのを見ると、腹を立てている自分がひとりよがりな気がしてやりきれなかった。

「……そういえば、貴之は今日のオペラ、本場で観たことがあるんだろ？」

メニューをめくりながら、それでもどうにか当たり障りなく話題を変えた。オペラの話なら、祖父も入ってきやすいだろう。

「ああ、九二年のスカラだね。パヴァロッティがドン・カルロを演《や》った」

「パヴァロッティ？」

「世界三大テノールのひとりで……」

「三大？」

吐き捨てるように口を挟んだのは、またしても祖父だ。

「あんなものをありがたがっているもんは、ろくな耳はしとらんな。若い頃ならまだしも、いまのパヴァロッティは絞り尽くしたカスカスのカスだ。肥えすぎてステージの上でろくに動けもせん。さっさと引退して、サッカーと慈善事業に専念すりゃあいい」

「……あのねえ」

柾は大きな溜息をついた。

「そうやっていちいち貴之の云うことに突っ掛かっておもしろいかよ。ガキみてぇ」

「おい」

眦を吊り上げる柾にもかまわず、四方堂翁はウエイトレスをテーブルに呼びつけた。

「うどんを持ってこい」

「はい、うどんは単品でよろしいですか？」

「ちょっ……待った、今のキャンセル。すみません、ちゃんと決まったら呼びますから」

「あ、はい、では……」

「いいからうどんを持ってこい。それ以外は食わん」

「だからじーちゃん。さっぱりしたものなら、別のメニューもあるから。体によくないって貴之も云ってるだろ」

「お父さん。柾が心配しているんですから」

しかし老人はかまわずに再びウエイトレスを呼んだ。そして貴之を顎で指した。

「この男は、わしらの分とは別会計にせえ」

「かしこまりました。それでは最後のお会計の際に、レジで個別に計算を……」

「頭の鈍い女だな。この男とわしらの注文を一緒にするなと云っとるんだ。この男は勝手にここに座っとるだけだ、わしらとはなんの関わりもない」

「じーちゃん！」

「柾」

貴之が平坦な声でなだめ、メニューを閉じてウエイトレスに手渡した。

「松花堂弁当と緑茶のホットをひとつ。それと、手間をかけて申しわけないが、わたしの分は伝票を別にしてもらえますか」

「なに云ってんだよ貴之までっ――すみません、全部一緒でいいですから」

「ほうっておけ」

老人がしわがれた声で吐き捨てた。

「なにもこいつの分まで出してやることはない。わしと違って、この男はおまえと血の繋がりもなければ、そもそも四方堂とは縁もゆかりもない人間だ」

「ちょっ……」

「柾、おまえもさっさと頼め。なにを食うんだ、ステーキか、ハンバーグか、え？　もっと食って肉をつけろ。そんな細っこい体では、女も抱けんぞ」

「……………」

貴之が立ち上がった。ハッとしてつられそうになった柾を目線で制すると、三人のやり取りに弱り果てていたウエイトレスにキャンセルを伝える。

「仕事を思い出した。すまないがここで失礼するよ。帰りは翁のお車で送っていただきなさい」

「貴之、ちょっと待っ……」

腰を浮かしかけた柾を、貴之は微笑みで制した。

「今夜はありがとう。とても楽しかったよ」

その顔を見た途端、すーっと、脳天から血が引いた。

全身の皮膚が冷たくなった。

なんて云った、貴之？

楽しかった？——楽しかったって？

そんな顔して楽しかったって？

そんな——とってつけたような作り笑いで。

「……っなわけねえだろ！」

バン、と音がした。柾が握りしめていたおしぼりをテーブルに叩きつけた音だった。

あたりがシン……となった。

貴之も祖父も驚いている。

いつものことだ。

つまらない云い争い。顔を合わせればすぐこれだ。会話は嚙《か》み合わないし、目も合わせない、それでも同じテーブルに着くようになっただけ進歩だ。

だが今日という今日は、我慢ができなかった。ウエイトレスがオロオロしているのも、店内が水を打ったように静まり返ったのもわかりすぎるほどわかっていたが、腹の底で煮えたぎる怒りをコントロールできない。

「もう、いいかげんにしろよ、二人とも」

ＢＧＭの軽やかな旋律が、静まり返った店内に白々と響く。

「じーちゃん、あんたいったい幾つになったんだ。そんなに貴之が目障りならさっさと縁を切ればいいだろ。それもできねえくせにいつまでもグズグズ拗ねてんじゃねえよ。いったい貴之のどこが気に入らねえっての。勝手に縁談断ったから？　おれを国外に連れ出したから？　何度も云ったけど、おれは自分の意志で貴之についてったんだ。だったらおれのことも勘当しろよ！　なにが縁もゆかりもないだ、誰が貴之を養子にしたんだよ、血が繋がってなくたって父子だろ！　貴之がこんなに心配してくれてるのに、なんの関わりもないなんて、よくそんな残酷なこと云えるな。身勝手だよ。貴之がどんだけ傷ついてるか、少しは人の気持ちになって考えてみろよ！」

「柾」

貴之が戸惑ったように声を発する。

「そんな言葉遣いをするものじゃない。翁はわかってらっしゃるよ。だから少し落ち着いて――」

「貴之も貴之だ」

子供をなだめるような口調が、ますます怒りに油を注いだ。

「なんであそこまで云われて黙ってんだよ。云いたいことあるだろ？　云ってやりゃいいじゃんか。なんでそんなに下手に出て遠慮してばっかなんだよ。家にだって、帰ってきたければ帰ってきたらいいだろ。あそこは貴之の家だろ？　胸張って堂々と帰ってくればいいじゃないか。みんな待ってるんだよ」

「黙れ。誰も待ってなぞおらん」

「うっせえな、一番待ってんのはジジイじゃねえかよ、このタコ！」

「タ……」

みるみる、本物の茹《ゆ》で蛸《だこ》のように、皺だらけの顔が真っ赤になる。

「ひとに将棋の相手させちゃあ、アレはもっと強かった、大学の話をすればアレはもっと優秀だった、アレはなにが得意だった、アレは腰を揉んでくれた……アレ、アレって。なにかにつけちゃ貴之の話ばっかじゃねーか。年寄りがいつまで強情張ってんだよ。自分の寿命ってもん考えてみろよ。あの世に逝《い》ってから仲直りしとけばよかったって後悔しても遅《おせ》えんだぞ！」

「わ……わしの寿命だと！」

「順番ならじーちゃんが一番早いんだよ。当ったり前だろ。まさか自分だけは死なないとでも思ってんの？」

「柾、いいかげんにしないか！」

「——うちのお袋みたいに」

貴之と老人が、同時に、ハッと口をつぐんだ。

ゆっくりと下唇を嚙みしめる。事故死した母親のことは、四年たっても、まだ生乾きの傷口だ。

「ある日突然、いなくなることだってあるんだ。そうなってからじゃどんなに会いたくたって——そういう可能性だって、ちょっとくらいは考えろよ」

「……………」

「喧嘩できるのは幸せなんだよ」

いらっしゃいませ、と入口で声がし、それがきっかけになったように、店内は次第に元のざわめきを取り戻しはじめた。

「二人を誘うのは、今日で最後にするから」

テーブルの上の水滴に視線を落として、柾は、自分でも驚くほど、静かに云った。

「乱暴なこと云ってごめん。……けど少しでいい、考えてほしいんだ。本当に許せないのか。これからどうしたいのか。……お願いだから」

「……あれ。いつ来たんだ？」

濡れた頭をタオルで拭《ふ》きながら風呂を出ると、いつの間にか、柾が首までリビングのコタツに潜って雑誌をめくっていた。

ネクタイと、高そうなウールの上着とコートが、カーペットの上にまとめて脱皮してある。上だけソファに置いてあった悠一のフリースに着替えたらしい。その下はワイシャツだ。今日はオペラの日か、とピンときた。

「んー……さっき」

「あっそ……風呂は？」

「んー……もらう」

「メシは？」

「駅で立ち食い蕎麦《そば》食った」

「布団敷いてやるからそこで寝るなよ。風邪ひくぞ。それに服、脱いだらちゃんと片付けろ。皺になるだろうが。下も脱いで着替えろよ」

返事がないので、上着を拾ってハンガーにかけながら振り向くと、雑誌の上に顎をのせてニヤニヤしている。

「悠一ってお袋みたい。悠一ママ」

「冗談じゃない。おれの息子ならこんなに脱ぎ散らかすか」

それもそうだ。

悠一は大学に入ってから、八畳のワンルームから少し広いこのマンションに越した。昔からいつ訪ねても男の一人暮らしとは思えないほど片付いている。もちろん、服は脱いだらきちんとハンガーにかける。おかげでいつ来ても快適で、過ごしやすい。あんまりしょっちゅう出入りするので、柾の歯ブラシやパジャマまで置いてある。

「はーああ。やっぱ冬はコタツだよなあー……。な？」

布団も座布団も干したばかりでふかふかだ。寝そべったままコタツ布団に頬擦りする柾に、悠一は思い切り嫌そうな顔をしてみせた。

「な？　もなにも、おまえが勝手に持ち込んだんだろうが、やぐらも布団も。朝っぱらから軽トラで乗りつけて『はい、プレゼント』って……おれはホットカーペットで充分だったのに、人のうち狭くしやがって」

「とかいいつつ、けっこう気に入ってるみたいじゃん」

テレビの正面が悠一の定位置だ。コタツの上にはリモコンがきちんと並べられ、ティッシュボックスや読みかけの本、新聞などが手の届く範囲に積んである。

実はこのコタツは、去年まで柾の部屋にあった。スーパーの福引きで当てて愛用していたのだが、風呂上がりについそこでうたた寝をしては何度も風邪をぶり返すので、今冬泣く泣く手放したのだ。ここならうっかり居眠りしてしまっても、悠一が起こしてくれる。

「……だめだ。甘やかしすぎだ……」

「悠一ママー、喉渇いたー」

「首まで潜ってるからだろ。なにか飲むか？」

「なにがある？」

「水、ポカリ、ウーロン茶、発泡酒。アイス。蜜柑《みかん》はそこの箱」

「アイスー」

「ハーゲンダッツのバニラと、食いかけでよければチョコもなかが……」

と、冷蔵庫の前まで行った悠一だったが、難しい顔で引き返してきて、コタツに足を突っ込んだ。狭い空間を伸び伸びと横断している脚を蹴飛ばして、端によけさせる。

「自分で取ってこい」

「んー……。……なあ、悠一ぃ」

「ダッツの抹茶は残しとけよ。一個しかないから」

「うん。ごめんな。いっつも急に押しかけて」

「………」

悠一は、まだ寝そべっている柾の丸っこい頭をちらりと見やり、テレビをつけた。九時になったばかりで、つまらないバラエティとドラマしかやっていない。

「べつに。好きなときにどうぞ。おまえのコタツだろ」

「って云うと思った」

「この野郎。オペラどうだった？　今日の演目は？」

「『ドン・カルロ』……長くてケツが痛くなった」

「また寝てたのか？　ほんとにあんなところでよく眠れるな、耳栓《みみせん》もしないで。どうせ昨夜ろくに眠らせてもらえなかった……てっ！　おい、本気で蹴るなよ」

「うるせえな。今日は起きてたよ。起きてたけど集中できなかったんだよ」

「なに怒ってんだ。なにかあったのか？」

「ないよ。いつもの通り」

ゴロンと仰向けになって、目を閉じた。蛍光灯の明かりが眩しい。

「ジジイはずーっと貴之を無視。貴之は貴之でジジイの顔色窺《うかが》ってばっか。——おれだっていいかげんキレるよ。二人とも体裁取り繕ってばっかで、ちっとも歩み寄らねえし。人がなに云ったたってぜんっぜん聞く耳持たねえんだから。もうオペラはこれが最後だって云ってやった」

「やめるのか？」

「ああ。やめやめ。つき合ってらんねーよ。だってもう二年だぜ？　チケット代だけだっていくらしたと思うよ。この先いつまで続くかと思うとバカバカしくって」

「ふーん。いいんじゃないか。いくら注《つ》ぎ込んだかなんて考えるようになったら、そいつとはもう潮時だ」

カチンときた。

悠一のドライさは承知していたし、もう少し頑張ってみろよ、なんて励ますような性格じゃないこともわかっている。だがその云い方は気にくわなかった。潮時とか、注ぎ込むとか。悪い女に引っかかったわけじゃないんだ。金で解決できる問題ならいくらだって注ぎ込んでやる。それができないから悩んでるんじゃないか。

「それ、おまえの経験談？　さすが経験豊富な男は云うことが違うよな」

悠一には高校時代から年上の彼女がいる。それこそ彼女が悠一に「注ぎ込んだ」額はかなりのはずだ。

そこをわざとあてこすってやったのだが、予想していたのか、悠一は余裕綽々《しゃくしゃく》で「いやいや、とんでもない」とおどけた声を出した。

「おれの友達にはヨーロッパまで駆け落ちしたツワモノがおりますから。偽造パスポート使ってヨーロッパ横断。スケールが違うね。しかも戻ってきてもニューヨーク―東京でいまだにラブラブ。それに比べたらおれなんかまだまだ青いね」

「……年中ラブラブなわけじゃねえよ」

ふと、声のトーンが落ちたのに気づいて、悠一が沈黙する。

柾はごろりと寝返りを打った。

「喧嘩するほど一緒にいないだけ。会った時には会えなかった分の埋め合わせに忙しくて、喧嘩してる暇なんかない。時差があるから電話がかかってくる時間帯も限られてるし、周りに誰かいても、仕事中だって云われればそれを信じるしかない。ごまかそうと思えばいくらだってごまかせる」

「貴之さんと、なにかあったのか」

柾はクッションを固く抱きしめた。

「……ディズニーランド……」

「は？」

「おれとは行きたくないって……」

「……そりゃ、まあ、……おれもその様子を想像するとちょっとサムイが……」

「………」

「ああ、でも、あそこはカップルで行くと別れるってジンクスが」

「貴之がそんな俗っぽいこと知ってるわけねえだろ」

「カーペットの毛、毟《むし》るなよ」

「……じーちゃんがさ。あんまりよくないんだ。心臓」

「………」

「本人は強がってるけど、去年おれがカンボジアの調査隊に参加して留守にしてた間、食欲が落ちて六キロも痩せちゃってさ。入院はしなかったけど……歳が歳だろ。これまでも何度も倒れてるし。最近は安定してるんだけど、それはおれが側にいることで精神的にいい状態を与えてるからだろうって、医者から云われた。実の孫になら云いたいことが云えて、いいストレスの発散にもなってるんだろうって」

「……そうか」

柾は目を閉じた。

四年前、ユトレヒト駅で、貴之にした約束。

あのときの言葉通り、二十歳《はたち》になったらすぐに貴之のところへ飛んでいくつもりだった。本当の家族になって、もう絶対に離さない。ずっとそう思ってた。

だけど、約束はいまだに果たせていない。

第一の理由は、貴之の戸籍だ。

貴之はまだ四方堂の籍に入っている。柾が「本当の家族」になるために、貴之と養子縁組をすれば、四方堂姓を名乗ることになる。つまり実質、四方堂の総領になるわけだ。それが二の足を踏む理由だった。

貴之が四方堂から離籍しないのは、もし父子の不和が表沙汰《おもてざた》になれば、グループ全体の株価にも影響しかねないからだという。

でも、きっとそれだけじゃない。血は繋がっていなくても、二十年、父親だった人だ。貴之はなにも云わないけれど、そんなに簡単に縁を切ったりできるわけがない。……そう思ってた。

「無理だよな……こんな状態じゃ、留学なんか。しかも、よりによって貴之のいるニューヨークって。貴之とおれが共謀してじーちゃんを捨てた、なんて思い込んで、ショックのあまり発作起こしかねないしさ」

「いいのか、おまえはそれで」

「これがラストチャンスってわけじゃないし。もっと準備してからだって遅くないし……それに……次に大きな発作が起きたら、もしかするかもしれないんだ」

「……」

「……今はしょうがねえよ」

次の言葉を待つかのように、悠一はしばらく黙っていた。テレビからコマーシャルの明るい音楽が流れてくる。黙っているとやがて、そうか、と静かに呟《つぶや》いた。

「しょうがないと思うんなら、そうなんだろう。それでおまえが納得してるなら、おれにアドバイスできることはないな」

「……」

「オカ」

「……」

「そこで寝るなよ。運んでやらないぞ。おまえ重いんだから」

「――……無駄かな」

「え？」

柾は明かりから顔を背けた。

こらえようとしたのに、喉が震えてしまった。

「おれのやってることは無駄なのかな……」


悠一はしばらく黙っていた。

いつの間にかテレビは消えていて、コチコチと時計の秒針が時間を刻む音だけが響いている。涙が乾いて目が痒《かゆ》かった。洟《はな》をかみたかったが、ティッシュを取ることで泣いたとバレるのが嫌で、フリースの内側からワイシャツの袖《そで》をひっぱりだし、顔を拭った。

「あのな、オカ」

「………」

「うまくいってない親子が、みんな不幸なわけじゃないぜ」

煙草に火をつける音。オイルライターの臭いがかすかに鼻をくすぐる。

「おれは両親とも兄弟とも何年も会ってない。最後に会ったのは、中等部の入学手続きのときだ。高三の進路相談も、担任が何度も連絡したけど、結局すっぽかされた」

「……」

「興味がないんだよ。昔から、お互いにな。月末口座に生活費が振り込まれてると、ああまだ生きてるんだなって思う。向こうも、おれの口座が動いてるのを見て、ああどうにかやってるなって思ってるだろう。傍《はた》から見たら冷え切ってて、気の毒に思えるかもしれないけど、おれは一度も自分をかわいそうだとも不幸だとも感じたことはないんだ。大学の費用も出してもらえて、おかげで卒業も就職もなんとかなりそうだ。好きな小説でほんの少しだけど評価もしてもらえるようになった。それに、昔と違って、友達もいる。使い古しのコタツを持ち込んで毎日のようにあたりにくる図々しいのとかな」

語尾にかすかな笑みがこもる。

「ここまで育ててくれた親には感謝してるよ。けど、家族ってものは、おれにとってはさほど重要じゃないんだ。肉親だからうまくやっていかなきゃいけないとも思わない。次に会うのがどっちかの葬式でも一向に構わない」

柾はいたたまれず、コタツの中で体を縮めた。ヤドカリのようにやぐらを背負って逃げ出したい気持ちだ。

「いい、わかったよ。おれのやってることは余計なお世話だって云いたいんだろ」

「そうじゃない。ちゃんと話聞け、ばか」

「ばかっていうな」

「西崎友紀子《にしざきゆきこ》のことを覚えてるだろ？」

「ばかじゃねえから覚えてるよ」

「拗ねるなよ。その西崎友紀子のために、募金するしないで揉めたことがあったよな？　あのときおれは、おまえが人の家庭の事情にまで首を突っ込もうとするのを見て、あまりにもお節介《せっかい》がすぎると思った。なんでほっとけないんだって苛々《いらいら》した。たぶん無意識に、彼女の家と自分のことを重ね合わせてたんだ。嗅《か》ぎ回られたくない事情ってものはどこの家にだってあるだろ？　だから素直に協力する気持ちになれなかった。ま、一番の原因は、西崎亘《わたる》のことがひっかかってたせいだけどな」

「……」

「ガキだったよ。間違っていたと思う。排他的で利己的で、人を思いやる気持ちに欠ける。おれの最大の欠点だ」

「んなことない。悠一は優しいよ」

「もしそう見えるとしたら、特定の相手にだけだ。でもそれは、思いやりがあるとは云わない」

人間的に偏ってるんだよ、と悠一はまるで他人事《ひとごと》のように呟く。

ショックだった。悠一が自分のことをそんなふうに思っているなんて……あのときのことをそんなふうに考えていたなんて。

「まあ正直云って、時々、おまえの真っ正直なお節介っぷりが眩しいよ」

「……………」

「けどな、もしおまえが、おれのために両親との間でどんなに奔走してくれたとしても、悪いけどありがた迷惑だ。おれはオペラには行かない。修復するつもりがないからな。それくらいなら、家で本でも読んでたほうが有意義だ」

ずしんと、胸に応えた。

貴之と祖父も、そう思っているのだろうか。ありがた迷惑。

凹みかけた柾に、だからさ、と悠一は言葉を続けた。

「考えてみろよ。ぶつくさ云いながらも毎回あの爺《じい》さんが重い腰を上げて出てくるのはなんでだと思う？　貴之さんに会いたいからだろ？　文句ばっかりたれるのはな、甘えてるんだよ。おまえと貴之さんに。まあ見てろ、これでおまえが完全に手を引いたら、今度はあの二人のほうがおまえのご機嫌取りに奔走するぜ。賭《か》けてもいいね」

静かに、だが自信たっぷりに、悠一が話を締めくくる。柾はしばらく天井を見つめていたが、むくりと起き上がった。

「……だよな」

「ああ」

「そっか。そう考えれば、かえっていいタイミングだったのかも。これでホントにあの二人が右往左往したら笑えるよな」

「おまえにはからっきし弱いからな、あの人たちは」

悠一は少しほっとしたようだったが、あんな話の後で顔を合わせて話すのが照れ臭いのか、さっと立ち上がって隣室へ行ってしまった。カチカチと電気の紐《ひも》をひっぱる音。

「風呂入ってこいよ。布団敷いとくから」

うんと返事をしたが、動けなかった。塩辛い味が喉を伝い落ちていった。急いでティッシュに手を伸ばし、洟をかんだ。

この面倒見のいい、細やかな気配りをする男のどこに思いやりがないっていうのだろう。過去の自分を省みることのできる人間のどこが偏っているっていうのだろう。悠一に比べたら、自分のほうがよっぽど利己的だ。

あの二人さえ元の仲に戻ればなにもかも丸く収まる。留学も気兼ねなくできる。好きなことに打ち込める。――自分の中に、そんないやらしい気持ちが一片もなかったと云えるだろうか？

頑固者二人の橋渡しをするなんて、意気込みだけで、結局は自分のことしか頭にない。男のくせになにひとつ自分でやれてない。ひとりで腹を立てて、投げ出して、親友のところに逃げ込んで慰めてもらって、布団まで敷いてもらって――

「オカ。ほら、パジャマ――」

戻ってきた悠一は、友人の姿が忽然《こつぜん》と消えているのを見て、戸惑った。だがコタツ布団から、わずかにフリースの裾がはみ出ている。

その傍らにパジャマを置くと、台所へ立って冷凍庫から抹茶アイスとスプーンを取り出し、コタツをめくってティッシュの箱と一緒にその中に突っ込んだ。それから隣の部屋にこもって、襖《ふすま》を閉め、カタカタと小さな音でキーボードを打ちはじめるのだった。

4

夜中までキーボードを叩く音がしていたのに、七時の目覚ましで先に起きたのは悠一《ゆういち》だった。カーテンを開けるなり、「うわっ」と声を上げる。

「オカ、起きて外見ろ。すごいぞ」

「んー……なんだよ……雪ぃ？」

「いや、霧だ。濃霧」

一面、ミルクのような深い霧が窓を覆っていた。この時間まで濃霧が続くのは、都内では珍しい現象だ。窓を開けて試しにまっすぐ手を伸ばしてみると、手首から先が完全に消えてしまう。

テレビはどの局もさかんに気象情報と交通情報を流していた。列車のダイヤも大幅に狂っている。危ないから朝食を食べながら霧が晴れるのを待っていろと引き止められたが、そこまでなにもかも甘えっぱなしなのは心苦しかった。それに、昨夜ファミレスに置き去りにしてしまった貴之《たかゆき》と祖父のことも気にかかる。

悠一に話を聞いてもらったのがよかったのだろう。朝までぐっすり眠れたせいもあって、昨日に比べると、ずいぶん気持ちが持ち直していた。

これから二人のことにどう関わっていくか、留学の件にどう決着をつけるか。結論を早まらず、もう一度じっくり整理しようと決めた。

それに、貴之のことも……。

無意識に歯を食いしばり、冷たい水をぶつけるようにバシャバシャと顔を洗った。

「そういえば、貴之さんにここにいること連絡したのか？」

ポストに新聞を取りに行くといって、悠一も一階まで下りてきた。内階段とはいえ、この時期の朝は底冷えがする。薄着で出てきた悠一は寒そうに懐手をして猫背になっていた。

「してないけど、ここしか行くとこないってわかってるよ」

「貴之さんも寛容になったよな。昔は無断外泊なんかしようもんなら……。また素っ裸で男と同衾《どうきん》してるって心配はしないのかね」

柾《まさき》はぎゅっと口を尖《とが》らせた。

「おまえなー。そういうのはさっさと忘れろよ」

「忘れようったって、おまえと草薙《くさなぎ》さんの腐れ縁はなかなか」

「違う。腐れ縁はナギさんと貴之。おれはそれに巻き込まれただけ」

へーえ、ってなんだよ。ヤな笑い方すんな。この野郎。

だが貴之が昔ほど口うるさくなくなったのは確かだ。保護者を返上したせいもあるのだろう。意外にもバイクのことも反対されなかった。免許が取れるまで教習所に通っていることも内緒にしていたのだが、逆にお祝いにヘルメットまで贈ってくれ、バトルを覚悟していた柾は拍子抜けだった。

大人として認めてくれるようになったことが嬉しい反面、ほんの少し、寂しくも感じる。高校時代はあんなに子供扱いを嫌がっていたのに、人って勝手なものだ。

「今日は授業出るのか？」

「午後からひとつだけ。悠一は？」

「おれは朝から真面目に出勤……あー眠い」

エントランスの自動ドアから、ドライアイスのように霧がすうっと足もとから入り込んでくる。外は右も左もわからなくなってしまいそうな、真っ白い世界だ。

「車に気をつけろよ。危ないからタクシーは使うなよ。面倒でも地下鉄まで歩くんだぞ。いいな」

柾は笑った。近ごろは悠一ママのほうがよっぽど口うるさいよ。

ウールのロングコートは、すぐに露を吸ってしっとりと重くなった。濃霧の影響で地下鉄を利用する人が多いのか、階段にまで乗客が溢《あふ》れている。ラッシュアワー。車内もすし詰めだ。横にいるＯＬになるべく湿った布地が密着しないようにしてやりたがったが、手を挙げることもできない状態ではどうにもなりがたかった。

地下鉄に揺られながら、柾は、草薙傭《よう》のことを考えていた。

悠一が「腐れ縁」と揶揄《やゆ》するほどあちこちで顔をつき合わせたにもかかわらず、草薙との実際のつき合いは、驚くことにわずか一年足らずである。そして四年前のあの事件以来、音信は途絶えたままだ。

ただ、時々思い出したように、横浜《よこはま》にある父母の墓前に、沢山の白百合が供えられていることがある。いったい誰のしわざかと家の者たちは首を傾《かし》げているが、柾にだけは確信があった。

草薙だ。

一度だけ、たぶん線香を忘れてしまったのだろう、代わりにキャメルが一本供えられていたことがあった。彼が無骨な指先で煙草に火をつけ、そっと墓前に供えて手を合わせる様子を、柾はありありと想像することができた。

母と草薙との間には面識はない。彼が墓参するのは、柾を大事件に巻き込んでしまったことに対する、償いの気持ちのあらわれなのだろうと、思う。

柾からは折に触れ出版社に宛《あ》てて手紙を出しているが、一度も草薙からの返信はない。国内外の有名雑誌や書店に並んだ著書で、時折消息を知る。最近は年末に出たＴＩＭＥで、ある小国の内戦を取材した署名記事を読んだ。わずか八歳の子供が、誇らしげに自分の身長より長い銃を担いでいる写真が、胸に鮮明に焼きついた。

今頃はどの空の下にいるのだろう。真っ黒に陽焼《ひや》けして、カメラを担いで戦地を歩き回っているのだろうか。

——もういいんだよ——ナギさん。いいんだ。

あれからもう四年も経《た》つんだよ。体は回復した。周りに支えられながらだけれど、なんとかやってる。背も伸びたよ。もうボウヤとは呼ばせないよ。

だから。もうナギさんも解放されてくれ。贖罪《しょくざい》の必要なんかないんだ。ナギさんは自分の命も顧みず救けに来てくれたじゃないか。

進学もした。ナギさんの勧めてくれた本が背中を押してくれたんだ。いまはあの本を書いた教授の研究室にいるんだよ。

会いたいよ、ナギさん。

懐かしい能天気なバリトン。咥《くわ》え煙草で少し煙そうに目を細めて、「よう、ボウヤ」って下手くそなウインクをして、下品でつまらない冗談を連発してほしい。

揺れる車窓に額をつけて、柾はくすりと思い出し笑いをした。目の前ではOLが、やけに身なりのいい、見とれるような年下の美青年が笑いかけてきたと勘違いして頬《ほお》を紅潮させたが、柾が考えていたのは、そうなったらなったできっとまた貴之がうるさいだろうな、ということだった。

あの放蕩男《ほうとうおとこ》のおかげで、何度揉《も》め事が起きたことか。同衾を目撃されたときは本気で犯《や》り殺されるんじゃないかと思ったし、バイトがバレたときだって——

そうだ。これまでだって、平坦だったわけじゃない。

ある政治家の娘と結納寸前までいった話を打ち明けられたこともある。ニューヨークのアパートで見合い写真を見つけてしまったことも。金髪の美人秘書のスカートはやけに短いし、レストランで色目を使ってくる男もいる。——そのどれにも、こんなにダメージを受けたりしなかったのに。

ダムの放流のように地下鉄から吐き出される人波に背中を押されながら、重い足取りで階段を上がる。自然に背中が丸まっていた。

写真週刊誌に四方堂《しほうどう》グループとの関係をすっぱ抜かれて以来、一介の学生でしかない柾にさえ、コネや金目当てに取り入ろうと近づいてくる連中が途切れない。貴之への誘惑は柾が想像する以上だろう。しかしこれまで、信頼が揺らいだことは一度としてなかった。それは、常に貴之から、深い愛情を感じ取ることができたからだ。

ニューヨークと東京。まして現在の貴之のポストは、日本にいた頃以上に多忙だ。どこにいても毎日欠かさずメールが送られてくるけれど、顔が見えない、声が聞けない……温《ぬく》もりを感じ合えないことで生ずる、小さなすれ違い。ささいな諍《いさか》い。説明のつかない不安。

それらが澱《おり》のように胸の底にゆっくりと降り積もって、いつしか厚い層になっていく。

会いたくて、会いたくて、会いたくて――矢も盾もたまらなくなり、パスポートを摑《つか》んで成田《なりた》までバイクを飛ばしたことも一度や二度じゃなかった。ユトレヒト駅での約束のように、仕事も大学も爺《じい》さんも、知ったことじゃない、強引に攫《さら》って、すべてを捨てて、すべてを捨てさせて、どこか、遠く、二人きりの楽園に――

だがそんな刹那的《せつなてき》な衝動も、空港の駐車場から飛行機を眺めているうちに、すうっと落ち着いていくのだ。

空は繋《つな》がっている。あれに乗ればいつでも貴之に会える。抱き締め合える。感情に流されるためにあのとき決断したんじゃない。切ないのも、寂しいのも、自分ひとりじゃないと。

なのに。

その貴之が、嘘をついた。平然と。おれを騙《だま》した。

つまらない嘘だ。予定を繰り上げて誰かと遊びに行ったくらい、なんだ。だけれど疚《やま》しい気持ちがひとつもなければ、つまらない嘘をつく必要もないはずだ。

これまでも嘘をついてきたのだろうか。平然とおれを騙してきたのだろうか。繋がらなかった電話のうち、何回が本当の仕事だったのか。何回が本当にひとりで寝ていたのか。何食わぬ顔でおやすみを云《い》ってから、本当は、別の誰かと――

ドン、と前のサラリーマンの背中にぶつかり、柾はハッと我に返った。

いつのまにか自動改札の前まで流されていた。憮然《ぶぜん》として睨《にら》みつけてくる中年の男に頭を下げ、急いで機械に切符をねじ込む。

——よそう。血が上った頭でぐずぐず考えてたってしょうがない。

とにかく貴之に確かめることだ。そう肚《はら》を決めると、次第に歩調も速くなった。

この一帯は高台になるせいか、悠一の家の近所に比べるとずっと霧もマシだった。犬の散歩をさせている近所の住人とぽつぽつすれ違う。

コートの裾《すそ》を翻して、半ば小走りにマンション前の坂を上ってきた柾は、そこである光景を目にして、足を止めた。

高級マンションのエントランスに、建物の中から寄り添って出てきた、二つの影。

ひとつはまだ子供だ。小柄ですらりとした……中学生くらいだろう。制服の上に濃紺のハーフコートを着ている。

横にいるのは、若い父親といって差し支えないほど年上の、長身の男だ。

落ち着いた色合いのセーターにスラックス。片手に暖かそうなマフラーを持っている。ただ立っているだけで目を引く二人だ。

二つの白い息が弾む。車寄せに立ち止まって、楽しそうに小さな声で会話を交わしながら、男はそのマフラーを少年の首にかけた。

少年の唇が綻《ほころ》びて、はにかんだように礼を云ったのが、柾にもはっきりと見えた。

寒さのためか、それとも別の理由にか、霧に溶け込みそうなつやつやしたミルク色の頬が上気している。その膚《はだ》の色と強烈なコントラストを描く、濡《ぬ》れ羽色の黒髪――二つとないその美貌《びぼう》には、間違いなく見覚えがあった。

舞浜《まいはま》のホテル。ロビーで誰かを待っていた制服の中学生。

男が優しい仕種《しぐさ》で、少年の頭を撫《な》でる。少年は笑顔で男を見上げ、駅の方向へ歩きはじめる。

男はその場からその背中をじっと見送る。角を曲がるとき、一度振り返った少年に小さく手を振り、再びマンションの中に戻っていった。

あっという間の出来事だった。けれど短い中にも、二人の間の霧よりも濃い親密な空気が、はっきりと伝わってくる一幕だった。

少年の制服が視界から消えるまで、柾はぼんやりと立ちつくしていた。胸の奥がビリビリと痺《しび》れて、呼吸ができなかった。

あれは東斗学園《とうとがくえん》の制服だ。中等部の入学の日、照れ臭げに袖《そで》を通してみせた柾に、よく似合うと貴之が目を細めた制服だ。長い指で愛《いと》しげに何度もほどいたネクタイだ。慈しむようにボタンを外し、果物の皮を剝《む》くように、そっと肩から滑り落としたワイシャツだ。――あの少年にマフラーを巻いたのと同じ、その手で。

……どうしてだろう。

柾は乾いた瞼《まぶた》を、ゆっくりと瞬《まばた》きさせた。

どうしておれは今、自分の足で立っていられるんだろう……？


「……柾？　帰っていたのか」

シャワーの水音がやんだ。

主寝室のバスルームからバスローブ姿で出てきた貴之は、カーテンを下ろしたままの暗い室内に、ぽつんと柾が座っているのを見て、いささか驚いた様子だった。

驚いたのは、柾が明かりもつけず、湿ったコートも脱がずに、両脚を投げ出して椅子に座っていたことになのか。

それとも、他に疚しいことがあるからなのか。朝の入浴を習慣にしていない彼が、今日に限って、なぜシャワーを使ったのか。――柾は腕を伸ばし、傍らのスタンドの紐《ひも》をカチンと引いた。淡いオレンジ色の明かりが広がる。眩《まぶ》しい。貴之も眩しそうに目を眇《すが》めて、水差しの水をコップに注ぐ。

「昨夜は悠一くんのところか？　翁《おう》が心配しておられるだろうから、電話をかけておきなさい」

もう一度紐を引く。カチン。

「昨日のことだが」

カチン。

「……柾」

カチン。カチン。カチン。

「壊れるよ」

「………」

「……柾？」

柾は無言で立ち上がった。貴之の横をすり抜けて、バスルームのドアを開けた。

ゴミ箱を見る。丸めたティッシュ屑《くず》が三つ。他にそれらしき痕跡《こんせき》はない。だが中を開いてまで確認する勇気はなかった。それに貴之がそんなあからさまな証拠を残すとは思えない。

蹴《け》りつけたゴミ箱が、様子を見にやってきた貴之の爪先《つまさき》まで転がって、止まった。

貴之は、棚のタオルを一枚広げると柾の頭にすっぽりと覆い被《かぶ》せた。しばらくあの場から動けず、立ち尽くしていたせいだろう。髪もコートも、霧に濡れ、芯まで冷えきっていた。

「どうしたんだ、こんなに濡れて……この霧の中を歩いてきたのか？」

「………」

「顔色が良くないね。すぐに風呂で温まったほうがいい。濡れたものを脱いで、支度ができるまで暖炉の前で待っていなさい。かわいそうに、耳まで冷たく……」

顎《あご》を背けた。触られたくない。あの少年に触ったのと同じ手で――同じ仕種で撫でられるのは嫌だ。優しくするのは浮気の罪悪感からかと思うと、それも嫌だった。

――浮気。

胸の奥にまたビリッと電気が走った。

浮気――貴之が――あの人形みたいにきれいな子供と――

まさか。けど。

振り払っても振り払っても、蜘蛛《くも》の巣のようにべったりと疑惑が顔に纏《まと》い付いてくる。

おれを騙して二人きりで遊びに行って、あまつさえおれのいない間に部屋に連れ込んで、朝までなにをしていたんだ。おれがもし夜中に帰ってきたらどう弁解するつもりだった？

それとも、もう弁解するつもりもないわけか。ファミレスで怒鳴ってわめいて恥をかかせる生意気な古女房なんかより、ピチピチの中学生のほうがいいってわけか。

「……柾？」

密会を見られていたとは、想像もしていないのだろう。恋人の不機嫌はあくまでも昨日のファミレスの延長線上にあると思い込んでいる貴之は、宥《なだ》める言葉を考えあぐねているように見える。

柾は意識して奥歯を噛《か》み合わせた。そうしていないと、溶岩のようにドロドロと胸に渦巻いている醜い感情が、蓋《ふた》をこじ開けて飛び出してしまいそうだった。

「……脱げよ」

浴槽の蛇口を捻《ひね》ろうとしていた貴之は、「え？」と怪訝《けげん》そうに振り向いた。

「なに……？」

「それ脱いで裸になれよ。……ぐずぐずすんな」

「どうしたんだ、今日はいったい」

「貴之が脱がないならおれも脱がない」

貴之は、やれやれ……というニュアンスを含んだ溜息《ためいき》をついた。ほとんどためらいもなくタオル地でできた腰紐に手をかける。

褐色の長い膝《ひざ》の下に、バスローブがバサリと落ちる。

一分の弛みもなく鍛え上げられた体軀《たいく》が、その中心にある、体毛に覆われた部分までもが、白熱灯の下にあらわになった。

柾は頭からタオルをずり下ろした。

張り詰めた褐色の皮膚の上には、新しい情交の跡はみつけられなかった。左肩に咬《か》み傷、腰骨の下に赤紫色のキスマークがあったが、それは柾が一昨日《おととい》の晩、興奮してつけたものだ。背中の爪跡《つめあと》も鏡に映っている。

「……もういいだろう？　風邪をひいてしまう」

「オナニー見せろよ」

「なんだって？」

「オナッてみせろって云ったんだよ。早く」

さすがに、この要求には、貴之も従おうとはしなかった。朝帰りで、ろくに口をきこうともしない上に、思い詰めたような青白い顔で脱げだの、目の前で自慰をしてみせろだの。もし自分が同じことを要求されたら、熱で頭がどうかしたんじゃないかと思うに違いない。

貴之も同じように考えたようだった。呆《あき》れ顔で提案する。

「見せるのは構わないが、続きは夜にしないか。今日は授業があるんだろう？　風呂に入るのが嫌なら、せめて着替えなさい。熱いコーヒーでも淹《い》れよう」

「いつもなにをオカズにしてんの」

「恋人のことだよ」

足もとに落ちたローブに再び袖を通しながら、さらりと答える。

「他には？　ＡＶとか、エロ本とか」

「どちらも必要になったことはないな。――ああ……ただ、ビデオを」

「……………」

「告白しようか。あれは柾が高校生の頃だったか……家のオーディオルームでビデオを回しながらしたときのテープを、消しがたくてまだ持っているんだ。それ以外は、ここでのイメージだな」

中指でトントンと軽く頭を叩いてみせる。

——高校生の頃の。

胸を抉《えぐ》られたような気がした。

今じゃなくて？　今のおれは、何ヵ月かに一度会って寝れば、それでもう満たされる程度の存在？

柾の顔に次第に硬張《こわば》りが広がっていくことには気づかず、貴之は棚から新しいタオルを取って広げた。

「柾はどうなんだ？　オカズは？」

「……なんでおれのことなんか聞きたいんだよ」

「わたしにだけ告白させるのはずるい。話してごらん。そんな清廉そうな顔をして、頭の中ではどんないやらしいことを想像してあそこをいじっているのか……今夜はその通りのことをしてやろうか。それとも写真のほうが燃えるタイプか？　一緒にカメラを買いに……」

「うぬぼれんなよ。オカズがいつも貴之だとは限らないだろ」

地雷を踏んだ、と気づくのは、いつも事が起きてしまってからだ。

あっと思う間もない。いきなり担ぎ上げられ、次の瞬間にはもう、寝室のベッドに仰向《あおむ》けで押さえつけられていた。

「たかゆ……重い、痛いっ！　どけよ、このっ……バカ力！」

ベッドに縫い止められた右手首に、じわっ…と体重がかかってくる。自由になる手で胸板を叩いたり、引っかいたり、脚をじたばたさせたりとできうる限りの抵抗を試みたが、圧倒的な体格と力の差を見せつけられたにすぎなかった。

「……さっきの言葉をもう一度云ってみなさい」

押し殺した、ゾッとするような声。いやだ。負けたくない。ハアハアと胸を上下させて、柾は固く目を閉じた。

「貴之だけとは限……う、あああっ！」

「もう一度、よく考えて云うんだ」

「や、やめ、潰《つぶ》れ……ひッ！」

「誰のことを考えながらするだと？　わたし以外の誰だ。ゲイ雑誌の男か。それとも女か」

「い…うあ、ああっ！　いやだ、貴之、やめ、ひッ」

「答えるんだ」

「貴之だけだよ！」

涙でぐしゃぐしゃになって叫んだ。やっと股間《こかん》を開放した貴之の片手は、痛みと本能的な怯《おび》えとに萎縮《いしゅく》して震えている頤《おとがい》を鷲摑《わしづか》むや、激しく唇を合わせてきた。

吐き気がするほど舌を突っ込まれ、口中を蹂躙《じゅうりん》される。貴之の唾液《だえき》で口の中がいっぱいになる。自分の体液を飲ませることで、内臓にまで所有の印をつけようとしているかのようだ。

「脱ぐんだ」

下だけでいい、と目線で指示される。バックルに指をかけた。震えていてなかなか外れない。貴之はじっと見下ろしているだけで、手を貸そうとはしなかった。

やっとベルトとボタンが外れ、ファスナーを下ろす。下着ごとずり下ろそうとして腰を浮かせたが、覆い被さっている貴之が邪魔をしていて、太腿《ふともも》までしか手が届かない。どうした、と叱《しか》るように貴之が耳もとで訊《き》いた。

「……脱げない」

「わたしの前で裸になるのがいやなのか」

目を閉じた。かすかに首を振った。

「脱がせてあげようか」

「……うん……」

「他の男にもそんな甘ったれて頼むのか」

「云わないよ！　云わない……。云うわけないだろ……」

「服を脱がせて？　それから？　それだけか？」

「……して……」

「そんな言い方じゃ分からんな。はっきりお願いしなさい」

「×××入れて」

「だめだ。もう一度。ちゃんと云えるまで何度でもやり直させるぞ」

浅く息を継ぐ。頬が熱い。被虐的な酩酊感《めいていかん》に頭がくらくらする。

「お…おっきい×××を、おれの……尻に、はめてかわいがってください」

「誰のをだ？」

「貴之。貴之の。貴之のおっきいのっ……！」

「四つん這《ば》いだ」

ピシャリと太腿を叩く。いやだ。顔が見えないのは。しかし躊躇《ためら》っている柾を貴之は強引にうつ伏せにさせると、コートの裾を背中に撥《は》ね上げた。尻がすうっと寒くなる。反して、顔がカーッと火照った。

この姿勢が、いかに無防備に剝き出しになってしまうかは、鏡の前で何度も嬲《なぶ》られてよく知っている。突き出された自分の尻の形や、入口の色合い、その下にある性器が、貴之の目にどんなにいやらしく曝《さら》されるか……それも、半端に服を着たままで……。背筋にぶるっと震えが走り抜けた。これからされることへの期待に、入口がひくっひくっと蠢《うごめ》くのを感じ、ますます顔に血が上ってくる。

そこにドロドロと冷たいクリームが垂らされ、たっぷりとなすりつけられた。灼熱《しゃくねつ》の塊をぐっとあてがうなり、クリームで滑る親指で入口を思い切り拡げ、勢いよく挿入された。胃を押し上げられるようなすさまじい圧迫感に、柾は両手でシーツを摑み、きつく背中をしならせた。

いつもなら、すべてを収めるのにじっくりと時間をかけ、柾が大きさに慣れるまで動かずにじっと我慢してくれるのに、この日の貴之は容赦なくいきなり突き上げてきた。勢いで前のめると、両手で腰を引き戻され、深々とねじ込まれた。悲鳴の混じった鳴き声が体中に反響する。

「う――くっ……」

大きい――

苦痛と歓喜に頭がぼうっと痺れてくる。

貴之が――嫉妬《しっと》して――おれの中で、感じて――大きくなっている。

触られもせずに勃起した性器の穴から、ぱたっ…ぱたっ…と先走りがシーツに滴り落ちた。

服の中はもう汗だくで、ズボンはいつの間にか脱げてしまっている。柾は右頰をベッドにつけ、背後からの揺さぶりに耐えるために両手できつくシーツを鷲摑んだ。

「まさき……柾……」

その手が、上からより大きな、熱っぽい手の平で握り締められる。咬みつかんばかりのキスがうなじを這い回る。

深い結合。肉がなじんでくると、焦《じ》らすように腰を引かれる。抜け落ちてしまいそうな感覚に呻吟《しんぎん》し、締めつけようとすると、不意にきつく突き上げられる。そしてまた引かれる。そして今度は尻に密着したまま、円を描くようにして、執拗《しつよう》に肉襞《にくひだ》を擦り上げられる。

全身の細胞に快感が充填《じゅうてん》されていく。うねるような快感の大波に、空高く放り投げられ、真っ逆さまに落とされたかと思えば、再びよりいっそうの歓喜へ放り投げられる——脳みそがぐちゃぐちゃになるようなそのくり返しが、柾をよがり狂わせていった。声を上げっぱなしで唾液が飲み込めず、シーツに滴った。

「いいか、よく覚えておけ。これがわたしの味だ。よく覚えてオナニーしろ。ほら——こうだ」

ヒクヒクと喘《あえ》ぐ性器を根元から扱《しご》かれ、穴を爪でくじられる。

「ひっ……ああっ、やだ、や、あああっ、し…しんじゃうっ」

「やめるか？　やめていいのか？」

「やだ、もっと、もっと…貴之っ…！　いくゥッ……」

腰を突き出して、柾は極めた。ぶるぶると太腿が痙攣《けいれん》する。精液が何度も何度も出た。

その締め付けに、うなじを咬んでいた貴之が唸《うな》り声を上げて、ビクビクと跳ね踊りながら自分の中に射精するのを感じた。柾の体は湿ったシーツにべったりとうつ伏せになり、尻だけが高く掲げさせられて貴之と繋がっていた。ずちゅっずちゅっと水音がする。激しい絶頂で力を失った柾を、貴之がなおも責め続けている音だった。

「……うぅっ」

休む暇もなく、繋がったままぐいっと上半身を起こされ、貴之の怒張の上にまともに座らされる。あまりの強烈さに声も出せない。

「……きついか？」

きつい。苦しい。壊れてしまいそうだ。だが柾は、自ら脚を拡げ、緩く腰をくねらせてみせた。

感じてほしくて。十四歳の頃のように、青く締まった肉体で貴之を悦《よろこ》ばせることはもうできない。だからせめて、少しでもよくなってほしくて。自分とのセックスがつまらなくなったと思われたくなくて。

「…キス……」

首を横に曲げてねだると、いつもと同じその従順な様子に、いくぶんか余裕を取り戻したのだろう。両腕を前に回してくるむように抱いてくれてから、羽で撫でるようなキスをくれた。

まつ毛に絡まった涙や、額に髪を貼りつかせている汗まで吸い取ってくれる。貴之の顔も上気し、汗ばんでいる。だがどんな表情をしているかまでは、怖くて、見ることができなかった。

半ば朦朧《もうろう》となりながら、柾は、意識して締めたり、緩めたりをくり返した。貴之が萎《な》えてしまわないか心配でしょうがなかった。

なんでもっとテクニックを身に付けておかなかったんだろう。もっと貴之を悦ばせるために、もっと……飽きられる日を後に延ばせるように……。嗚咽《おえつ》がこみ上げそうになり、柾は強く奥歯を噛みしばった。

……こんなに脆《もろ》いなんて。

もし万が一、こんなことが起こったとしても、自分だけは取り乱さずにいられると思っていた。草薙や悠一にさえも嫉妬する貴之が、いつも不思議で、自分は一生嫉妬とは無縁なんじゃないかとさえ思っていた。なのに――

そうじゃなかった。嫉妬心がなかったんじゃない。貴之がさせなかったのだ。細心の注意を払って、深い愛情を注いでくれていたからだ。自分ひとりだけに。

まるで細い綱の上に片足で立っているみたいだ。ほんのわずかでもバランスを崩せば、真っ逆さまに暗闇《くらやみ》に落ちてしまう。貴之に愛されているという自信に、こんなにも支えられていたのか。

太腿をさするように愛撫《あいぶ》している長い指に、柾は自分の指を絡めた。

「……好きだ。貴之……」

指が力強く握り返され、わたしもだ、と嗄《か》れた声が返ってきた。迎え入れた昂《たかぶ》りは次第に勢いを失いはじめる。それが悲しくて、余計に喉《のど》が震えた。嗚咽を殺すのに必死になった。

……貴之。

好きだ、好きだ。——好きだ。誰にも渡したくない。ずっとおれだけでいてよ。おれだけを抱いてよ。おれだけにキスして。おれだけに。——貴之……。

……何時だろう。

部屋中が黄昏《たそがれ》のオレンジ色に染まっている。

寝過ごしたなんてものじゃなさそうだ。この時期は日没が早いから、四時か、もしかすると五時になっているかもしれない。目を醒《さ》ました広いベッドの上で、枉はけだるく寝返りを打った。

喉がガラガラ。膝の裏側と股関節《こかんせつ》が軋《きし》む。くたくただったけれど、軽い空腹も感じた。人間、どんなに落ち込んでいても、腹だけは減る。

寝かされていたのは朝とは別の寝室だった。ベッドの惨状があんまりなので、気を失っている間に貴之がこっちに移してくれたのだろう。ハウスキーパーに悪いことをしてしまった。汗と体液でどろどろのシーツ……一度ランドリーで洗ってから出したかったのに。いや、それよりも。

「やっべえ。しまった、ガッコ……」

大事な授業だったのに。ちくしょ……宇川《うがわ》助教授のところにも留学の相談に行きたかったのに。貴之のやつ……。

……違うか。挑発したのはおれだ。地雷を踏んだなんて、詭弁《きべん》だ。わざと貴之の嫉妬を煽《あお》った。嫉妬に狂った恋人の姿を見て、暗い悦びを噛み締めた。

柾は糊《のり》のきいた上掛けを撥ねのけて、のろのろとベッドから足を下ろした。腰が痛む。

いつものようにパジャマの上だけ着せられていた。どういうわけか貴之は、ひとつのパジャマを自分は下だけ、柾には上だけ着せたがった。いくら脛毛《すねげ》が薄くたって、一八〇センチもある二十一歳の男に似合うわけがないと思うのだが。

……でもあの少年なら……。

苦い考えを水で洗い流すように勢いよく蛇口を捻る。

歯ブラシに歯みがき粉を絞り出して、ガシガシ歯を磨き、冷たい水で顔を洗い、ぶるぶるっと頭を振って水気を飛ばす。それからパジャマを頭から引っこ抜いて、その布地で顔を拭《ぬぐ》った。頭がすっきりしていた。今朝目が醒めたときよりもずっと。

鏡に映っているのは、荒淫《こういん》の跡もはなはだしい、うっすらと色っぽい隈《くま》を作った仏頂面と、誰かに見せつけるかのように派手につけられた胸や腹の鬱血の跡。服を脱がなければわからないところばかりなのは、貴之の理性だろう。

少し離れて、壁際に立ち、できる限り全身を鏡に映してみる。

夏の陽焼けの跡がまだ消えずに二の腕に残っている。体質的にあまり筋肉がつかず、胸板も腰も平均より細くて、ジーパンのサイズは似たような身長の悠一より三インチも細い。尖った腰骨、平らな腹部に涙型の臍《へそ》、褐色の太腿。まっすぐに伸びた膝下。控えめなヘアに覆われた性器。

あまり見苦しくはない——と、思う。だが、貴之の目にはどうだろう。

……あの子の膚は、すべすべでミルク色だった。華奢《きゃしゃ》な体は貴之の両腕にすっぽり収まるサイズだ。

またビリッと胸の奥に電流が走った。嫉妬とこの痛みは直結しているようだった。

……どうなってんだろうな。中高とずっと自分の容姿がコンプレックスで、チビだとかかわいいだなんて云われようもんなら一〇〇メートル先からだって飛び蹴りを食らわせてやった。なのに、今になって——

……今になって、どうだっていうんだ？

ふと鏡の中の自分に問いかけた。歪《ゆが》んだ、自分らしくない顔がいやだった。

容れ物だけ昔の自分に戻って、愛《め》でてもらって、それで満足するのか？　若返りの薬が本当に欲しいか？

そうじゃない。容れ物がどう変わろうと、おれはおれだ。

それに貴之だってこの体を愛してくれている、執着している。最奥《さいおう》の疼《うず》きとキスマークがそれを証明している。——なら、どうして人の目を盗んであの子と会っていたんだ。おれに飽きがきたからじゃないのか？　ただの遊びなのか？　それとも——それとも……。

「……くそっ。やめた！」

柾は濡れたパジャマをランドリー籠《かご》に放り込んだ。やめだやめだ。こんなことで悩むのは。腹ごしらえして、気分を切り替えよう。まだなにもわからないのに、こんなふうにぐじぐじ悩んで負のスパイラルに陥るなんて、それこそおれらしくない。

新しい下着を出し、セーターに頭を突っ込んでジーパンを穿《は》く。それからキッチンへ行き腕まくりして、冷蔵庫から牛乳と卵、ソーセージを出す。コーヒーをセットし、パンを切ってトースターに放り込む。これだけバタバタやっても顔を見せないってことは、貴之は外出したのだろう。

——どこへ？

チン、とトースターが鳴った。柾はビクッとした。キッチンとダイニングルームが、急に静まり返る。たったひとりだ。柾は突然、そう思った。ひとりきりだ……。

そのまま、どれくらいぼんやりしていたのか。気がつくと電話が鳴っていた。すっかり冷たくなってしまっていたコーヒーカップを掌《てのひら》から剥《は》がし、のろのろと立ち上がる。電話の前まで来て、手を伸ばすのをわずかに躊躇った。貴之だったらなんて云おうか……。

逡巡《しゅんじゅん》したまま、受話器を取る。

『中川《なかがわ》です』

「……ああ。……貴之ならいないよ」

脱力して椅子に腰かける。ほっとしたような、失望したような。

だが、中川の口から飛び出したのは思いがけない言葉だった。

『落ち着いて聞いてください。翁がお倒れになりました』

予《かね》てから用意していたかのような冷静さで、長年の秘書は告げた。

『ご自宅で意識を失われて、先ほど病院に。そちらに向かわせた車がもう五分ほどで着きますので、支度をなさってください』

予断を許さない状態です。——緊迫した中川の言葉に、まるで他人事《ひとごと》のように「わかった」と短く答え、コートを取ってきた。携帯電話と財布だけポケットに入れ、火の元を確認すると、部屋を出て鍵をかける。迎えの車はすでに車寄せで待機していた。

横浜《よこはま》の四方堂邸近くに新設された高槻《たかつき》総合病院まで、高速を飛ばして約三十分。自分が思った以上に動揺していたことに気づいたのは、緊急外来の前で車を降りようとしたときだった。柾は裸足のままだった。

5

――コチ、コチ。

キャビネットに置かれた時計の音が、自分の息遣いさえ聞こえそうな静まり返った部屋の中で、やけに大きく響く。そして頻繁に出入りする救急車のサイレン。普段なら気にも留めないような音が、疲弊し、擦《す》り減った神経を逆撫でする。

気を紛らわせようと、柾はソファの正面にあるテレビをつけた。見るともなくチャンネルをカチカチと替える。が、どれも頭に入ってこない。諦《あきら》めてテレビを消し、リモコンをソファに投げ出した。八時半。まだ消灯時間前だが、ここには他の入院患者や看護婦たちの気配は聞こえてこない。

外科病棟の五階フロアに設けられた特別室。病院のスポンサーである四方堂家や、見舞いに訪れるＶＩＰに配慮してエレベーターも一般とは別に設けられ、守衛や複数のモニターで厳重に警護されていた。もちろん一般の入院患者が立ち入ることはできない。柾が今いるのは応接間で、この奥に祖父が横になっている病室がある。高級ホテルのスイートルーム顔負けの設備や調度品。もちろんシャワーや宿泊施設も整っている。

完全看護なので付き添いの必要はないが、今夜はここに泊まることにしていた。以前も三《み》代《よ》と交代で看護をしたことがある。

あれは柾が祖父のつけたボディガードを撒《ま》いて、悠一とゲームセンターで遊び惚《ほう》けて帰ってきたときのことだ。処置が早かったおかげで大事には至らなかったものの、半月近く入院した。

今回は幸い、電話で聞いたほど発作は重くないと説明されたが、中川と担当医が柾に聞こえないようにヒソヒソやっていたところを見ると、あまり思わしくないのだろう。

無意識のうちに下唇を強く噛みしめていた柾は、カチ、カチ、という秒針の音に、廊下を早足で近づいてくる靴音が被さるのを耳にして、思わずソファから腰を浮かした。

ノックもなくドアが開く。貴之が、コートも脱がずに入ってきた。

走ってきたのか額の髪が少し乱れており、やや硬張った面持ちではあったが、取り乱した様子はない。その顔を見た途端、安堵《あんど》のあまり、柾はその場でへたり込みそうになった。

「遅くなってすまなかった。携帯が入らない場所にいて……容態は？」

うん……と、柾は青ざめた顔で微笑してみせた。

「今は落ち着いて眠ってる。安静にしてとりあえず一晩様子を見ようって、先生が」

「あとで話を聞いてくるよ。ひとりなのか？　中川と三代は？」

「三代さんには知らせてない。昨日から風邪をひいて休んでるから、心配かけないほうがいいだろうってことになって……中川さんは、会社から電話があってさっき出てった」

「中川が……？」

貴之は少し難しい顔をした。

奥にあるスライド式の戸を静かに引く。足もとに小さな明かりがひとつだけついている。

祖父は真っ白なベッドに埋もれるようにして、横たわっていた。枯れ木のように骨ばった腕には点滴のチューブが繋がれ、痛々しい姿に、唇が歪む。

近づいていってそっと声をかけると、薬でうとうとしていた祖父は、肉の弛《たる》んだ瞼を重たげに開いた。点滴のおかげか、顔色はさほど悪くないのを確認し、少しほっとする。

「ごめん、起こしちゃった？　気分どう？　貴之が来たよ」

「………」

潤んだ灰色に近い眼に、急に光が宿った。じろりと柾の背後を見遣《みや》り、鼻を鳴らすと横を向いてしまう。

「柾、それを出ていかせろ。顔を見とると、治るものも治らんわ」

「じーちゃん。そんな言い方ないだろ。貴之だって心配して……」

「隣にいます」

そう云うと、労《いたわ》りの言葉もなく、貴之はすっと病室を出て行った。

「貴之っ……」

「ほうっておけ」

静かに戸が閉まる。頑《かたく》なに横を向いたまま、老人は嗄れた声で柾を制した。

「あんなものだ、どうせ血の繋がりのない息子など」

「…………」

応接室に戻ると、どこかに貴之は電話をかけていた。柾はソファに腰を下ろした。体に力が入らない。ひどく疲れていた。

……無駄だったわけだ。自分がしてきたことは。

親子関係の修復どころか、こんな場面になってさえ、目を合わせもしない。おれの力じゃあの二人をどうすることもできないのだ。もう溜息も出なかった。

「柾」

電話を終えた貴之が隣に来た。労るように背中にそっと右腕を回す。柾が素足に、病院で借りた安物のスリッパを履いているのに気づいたようだった。

「ここはわたしが代わるから、隣で少し休みなさい。なにか食べたのか？」

「おれはいいよ……腹は減ってない。……貴之は？」

「後でなにか軽く食べるよ。それよりおまえのほうが倒れそうだ。おいで、隣にベッドがある」

促されたが、柾は動こうとしなかった。暖房がきいているはずなのに、指と爪先がかじかんだように冷たくてたまらない。

「……おれのせいだ」

うなだれ、祈るように組み合わせた手指の上に唇をじっと押し当てるのを見て、貴之の顔は曇った。

「柾……」

「おれがあんなひどいこと云ったから……だから」

「それは違う」

「違わない！　おれのせいだ。心臓が弱いの知ってたのに――」

知っていたのに。年齢のことも持病も。もし万が一のことがあったら。――背筋がゾッとした。冷たくなって病院のベッドに横たわっていた母親の姿が、稲妻の閃光《せんこう》のようにフラッシュバックする。一瞬貧血を起こしかけた柾を、背中に回された腕が力強く抱き寄せた。

いつものトニックの匂いに刺激され、鼻の奥がツンとする。目をきつく閉じて、溢れそうになる涙を必死に塞《ふさ》ぎ止めた。

貴之の温かい、大きな手の平に頭を撫でてもらっていると、次第に、波打っていた胸の奥が、溶けるように穏やかになっていく。

柾は子供のようにセーターに頬をすりつけて、彼の心臓の音を聞いた。コチコチとあんなに耳障りだった時計の音が、もう気にならなくなっていた。

だいじょうぶだよ――なにも心配いらない。なにも怖くない。髪を撫でる手は、そう云ってくれているようで……。

柾は弾《はじ》かれたように貴之の胸から顔を離した。

「……柾？」

貴之は暖かそうなセーターを着ていた。アッシュグレーの無地のセーターに、チノパンツ。カジュアルなコートと靴。

柾はゴクリと唾《つば》を飲み込む。——仕事で出かけてたんじゃなかったんだ。

マンションに一度戻って着替えた？　そんなはずはない。携帯が繋がらず何度も留守電にメッセージを入れ、一時間前やっと連絡がついた彼は出先にいた。そして「この足ですぐ病院に直行する」と云っていた。

仕事以外の用件で外にいたのだ——携帯の電源をオフにして。

「ひどい顔色だ。ベッドに行くのが嫌なら、ここで少し横になりなさい。毛布を持ってくるから……翁は大丈夫だ。すぐに良くなられるよ。眠れるようになにか薬をもらおうか？」

柾は顔を撫でる手を払いのけた。体が震えだしそうだ。

貴之は怪訝そうな顔をしている。秀麗な男の顔。心配そうに眉を曇らせて柾を見つめているその双眸《そうぼう》には、裏切りの欠片《かけら》も見当たらない。彼の目に映っている自分のほうこそ、きっと嫉妬と猜疑心《さいぎしん》に歪んだ、醜い顔をしている。

「……コーヒー買ってくる」

「柾？　いったいどうしたんだ」

なにかの間違いだ。携帯が繋がらなかったのは、貴之の云う通り、電波が届かなかっただけだ。きっと理由があったのだ。

「べつに……なんでもないよ。急に冷たいのが飲みたくなっただけ」

これくらいのことで勘繰るなんてどうかしてる。たとえ、これまで一度だって、柾に黙ってひとりで外出するようなことはなかったとしても。——貴之はおれを裏切ったりはしない。

そんなことさえ信じられない自分に対して、無性に腹が立った。

「待ちなさい」

「なんだよ、さっきから。コーヒー買って来るだけだっつってるだろ！」

「財布も持たずに？」

「………」

「……こっちへ来て、ちょっと座りなさい」

貴之は小さな溜息をつき、自分の隣を軽く叩いた。だが柾の足は動かなかった。

ぎくしゃくと反対側のソファへ歩いていき、自分のコートのポケットから財布を出す。立ち上がった貴之が肘《ひじ》を摑んだ。

「今朝のことを怒っているのか？」

「………」

「乱暴にしたことは謝るよ。だが挑発したのは……」

「こんなとこでそんな話するなよ。隣で病人が寝てんのに」

「なにをそんなに苛《いら》ついている？」

柾は唇を噛んだ。ガキみたいな自分の態度にも貴之の声は穏やかで、心配しているのが伝わってくる。それがよけいに苛立ちに繋がる。

「昨日から様子がおかしいと思っていたが……柾？　どうしてわたしの目を見ないんだ」

「目？　おれは四六時中、飼い犬みたく貴之の目を覗《のぞ》き込んでなきゃいけないわけ」

「そんなことを云ってるんじゃない」

「おかしいのは貴之だろ。はなせよ！」

「わたしが？　いったいなんのことを――」

電話のベルが会話に割り込んだ。貴之が仕方なさそうに柾から手を離し、ソファの横にある電話を取る。家の人間からのようだった。

柾はその隙に財布をジーパンの尻にねじ込んだ。頭を冷やそう。このまま一緒にいたら、泥沼になるだけだ。

「ああ、今は落ち着いているようだ。今夜はこっちに泊まるが、心配は要らないと皆に伝えてくれ。……柾？　ああ、ここにいるが……電話が？　大学から？」

「替わって」

宇川助教授かもしれない。急いで手を伸ばしたが、貴之は背を向けるようにして柾から受話器を遠ざけてしまう。

「わかった、伝えよう」

「ちょっ……なんで切っちゃうんだよ。おれにだろっ？」

「用件は聞いた。大学の宇川助教授から電話があって、折り返し連絡がほしいそうだ」

受話器を下ろした貴之は、ぎくっとするような厳しい顔つきで、柾に向き直った。

「留学の手続きに必要な書類を明日までに揃《そろ》えてほしいと。――留学というのは？　そんな話は初耳だな」

「……」

「留学先はどこなんだ？　どうしてそんな大事なことを一言の相談もなしに……」

「うるさいなっ」

柾は床に向かって苛々と言い放った。

「いちいち貴之に相談しなくたって、それくらい自分で決められるよ。いつまで人をガキだと思ってんだよ。それに……第一、これはおれだけの問題だ。貴之には関係ない」

吐き捨ててから、柾は唇を嚙んだ。

関係ない。貴之を一番傷つける言葉だ。これまで何度心なくこの言葉を吐き捨てて、激昂《げっこう》させたか知れない。だから、わざと使った。だが、彼を傷つけたかったはずなのに、自分の胸までもが痛んだ。傷口にじくじくと血が滲《にじ》むかのように。

「……確かに、そうだな」

貴之の声は穏やかだった。それが更に柾をいたたまれなくさせた。

「だがわたしはともかく、おじいさまにはきちんと話をしなさい。血の繋がった最後の肉親だろう。御前《ごぜん》にとっても、柾はたった一人のかわいい孫で、心の拠《よ》り所に思っておられる……」

「だから、やめたって」

「やめた？」

「留学はしない。ほんとは今日、大学に断りに行くつもりだったんだ。けどバタバタしてて」

「どうして」

「どうしてだっていいだろ。とにかくもう決めたんだよ」

「柾……」

「もうほっといてくれよ。これ以上この話はしたくない！」

膨れ上がった胸の風船が破裂して、ドロドロしたものが飛び散ってしまいそうだ。

誰も悪くないし、誰のせいでもない。誰も恨まない。これは自分で納得して、自分の意志で決めたことだ。だけど、まだ触れられたくない。あと少し……あとほんの少し。せめて傷口が乾いて痂《かさぶた》になるまで。

「おれにだって話したくないことだってあるよ。……貴之だって、全部ガラス張りってわけじゃないだろ？」

「極力、そうしてきたつもりだ」

横を向いた。吐き捨てるように小さく嗤《わら》う。

「やめろよ。これだけ何年も一緒にいてなんにも隠し事がないほうが不自然だ」

「さっきからいったい、なにが云いたいんだ？」

さすがに、貴之も声がきつくなってくる。煽られたように柾のテンションも跳ね上がった。

「留学の話はべつに隠してたわけじゃないよ。ちょっと言いそびれてただけだ。けど貴之は、ほんとになんの隠し事もしてないって云えんの？」

「いったいなんの話を――」

「おれの目を見てそうだって云えるんなら――」

チリン、と鈴の音が鳴った。

二人は同時にハッと声を飲み、同時に病室を見遣る。チリンチリン、とまた鈴が鳴る。柾は急いで病室を覗いた。

「じーちゃん？　どうかした？」

「……柾か」

嗄れた、弱々しい声。

「こっちへ来て、足を揉んでくれ。どうも膝がシクシクしてかなわん」

「わかった。薬は？　看護婦さんに来てもらおうか？」

ベッドに近づこうとした柾を、貴之が軽く肘に触れて止めた。

「少し出てくる。なにかあったら携帯に電話を」

出てくる？　こんなときに？

唖然《あぜん》とする柾を残して、貴之は病室を出ていった。柾はベッドへ行き、布団に手を入れ、祖父の痩《や》せた膝をさすった。

遠ざかっていく靴音。追いかけてどこへ行くつもりか問いつめたい衝動を、ぐっと唇を結び抑え込む。憤りと、疑いと、惨めさと、嫉妬。かき混ぜた卵のようだ。ぐちゃぐちゃだ。

「……アレは、帰ったのか」

むこうを向いた祖父がぼそりと尋ねた。

柾が「知らない」と答えると、フンと鼻を鳴らした。今度はどことなく元気のない、フン、だった。


貴之が戻ってきたのは、深夜になってからだった。

柾はとっくに床に就いていたが、神経が高ぶって、眠れずにいた。付添い用のベッドはひとつしかない。戸がそっと開いたので、ベッドの左側を開け、彼が入ってくるのを目をつぶって待った。憤りながらも、貴之が戻ってきたことに、また彼がいない間に病人に何事も起こらなかったことに、心からホッとしていた。

だが、いつまで待っても貴之はベッドに入ってこなかった。薄目を開けると、暗がりでクローゼットから毛布を出しているのが見えた。そしてそれを持って、彼は隣室に戻っていった。

柾は体を丸め、頭まで布団を引き上げた。

翌朝になると、中川が着替えを持ってやってきた。

現役を退いたとはいえ、未だにいくつかの団体や企業の会長職についている祖父には、今週レセプションなどに出席の予定があったらしい。来るなり貴之とその調整で話し込んでいた。どうしても欠席できないものは、貴之がピンチヒッターを務めるのだろう。

その混乱の原因である当人は、看護婦が運んできた朝食にケチをつけるくらいにまで回復している。

「なんだ、この貧乏ったらしいめしは。朝からこんな塩っけのない魚が食えるか。こんな物を口に入れるくらいなら、飢え死にしたほうがましだ」

「じーちゃん。いい加減にしろよな。すみません、後はおれがやりますから」

柾は、患者の我儘《わがまま》に弱り果てている若い看護婦に頭を下げ、場所を替わった。白粥《しろがゆ》に蒸した魚、茹《ゆ》でた青菜などがトレーにのっている。

「結構うまそうじゃん。お粥もレトルトじゃなくてちゃんと炊いてあるみたいだし。ね、一口でいいから」

スプーンで掬《すく》って運んでやると、しぶしぶ口を開く。食欲はあるようだ。ほっとして今度は蒸し魚をほぐしてやっていると、戸が開いた。

貴之だった。二人の様子を見た貴之は、少し眉《まゆ》をひそめた。

「柾、ロビーに来客だそうだ。行っておいで」

「客？　おれに？　でもいまじーちゃんの食事……」

「行きなさい。人を待たせるものじゃない」

貴之の口調が特に高圧的というわけでもなかった。だが昨日から鬱憤が積もりに積もっていた柾は、キレる寸前だった。ここが病室でなかったら、トレーをひっくり返していたかもしれない。

「ごめん、すぐ戻るから」

そう云って祖父をなだめると、一度も目を合わせずに貴之の横をスタスタとすり抜け、病室を出た。

エレベーター前にある守衛室に声をかけ、階段の鍵を開けてもらう。

普段使われていない階段の空気は、湿って冷たかった。

昨夜、貴之がベッドに入ってこなかったのは、自分を起こしたくなかったからだ。

それくらいのことがわからないわけじゃない。だが、どこに行っていたのか、遅くまで誰となにをしていたのか、どうしてなにも説明しようとしないのだろう。

何時間布団を被っていても、一睡もできなかった。嫌な、恐ろしい考えばかり、入れ替わり立ち替わり襲ってきた。もし、祖父に万一のことがあったら。もし、貴之に別れを告げられたら。

カツン……と冷たい壁に靴音が反響する。

……だめなんだろうか。もう。

病人をほったらかしにして出て行くくらい、あの少年に夢中なんだろうか。

柾が帰りを待っていることも忘れるくらい。もう、彼のどこにも、自分が入る隙間はないのだろうか。

……三年半、だ。

ニューヨークと東京。電話もままならない超遠距離恋愛。不安もあったし、時には行き違いも、喧嘩もあった。

それでも乗り越えてきた。あのとき、柾を病院から連れ出してくれた貴之の覚悟を、気持ちを、疑ったことは一度もなかった。

それが、たった一つの嘘に、こんなに揺らがされている。

聞けばいい。昨夜、どこにいたのか。どうして嘘をついたのか。誰とテーマパークへ行ったのか。マンションの前で見送っていたあの子は何者なのか。

だが、怖かった。本当のことを聞くのも、また嘘をつかれるのも。もしそれが、柾が想像した答えだったとしたら。

……知らなければよかった。そうしたら、こんなに苦しまずにすんだ。

忘れてしまいたい。

なにもなかったことにして、いままでどおり、今度逢える日を指折り数えて、一緒に暮らせる日を心待ちにして。なにも考えずに。ただ貴之を信じて……。

もうそれができないことは、自分が一番よくわかっている。

このまま蓋をしてなかったことにしても、きっとまた同じことをくり返す。電話が繋がらないだけで、誰かと一緒なんじゃないかと疑心暗鬼になる。きっとどんどん不信を募らせる。そんな自分に、貴之が気付かないはずがない。

蛍光灯に照らされた階段に、一歩ずつ、機械的に足を下ろす。

……もし、貴之を失ったら。

考えただけで胸が潰《つぶ》れそうだ。

やっぱり泣くだろう。辛いだろう。手足をもがれたようだろう。

だけどきっと、普通に生きていくのだと、思う。

どんなに泣いても、どんなに辛くても、腹は減るし、授業もバイトもあるし、電車は動くし、車は道路を走る。世界はなにも変わらない。

おれは貴之に惚《ほ》れてる。それは曲げられない事実だ。自分の命と引き換えにしてもいいのは、この世でたったひとり、四方堂貴之だけだ。もし彼が心から望むなら、今の生活も、祖父も、友人も、なにもかももう一度捨てる覚悟もある。

それでも、おれは、貴之の一部じゃない。

この肉体は貴之のために誂《あつら》えられた手袋であっても、中身は、意志を持ったひとりの男だ。貴之を誰よりも愛している。だけどそれは精神《こころ》を支配されているのとは違う。

そして、貴之は、恋人という名前のついた、おれの部品でもない。貴之は、貴之という、三十三歳の自由な、生身の男なのだ。

いつか、懐かしく思い出す日が来るのだろうか。

桜の樹のある家で共に暮らした、あの幸福な時間を。数え切れないほどたくさん愛し合ったことを。くだらないことで喧嘩したこと、笑い合ったことを。

二人でパリやロンドンをさまよった日々を。ユトレヒト駅での、雨の中の抱擁を――

そんなこともあったと。あの頃は楽しかったと。青春の一ページとして回想する日が、いつか。

機械的に動いていた足が、階段の半ばで、ぴたりと止まった。

……いやだ。

ギュッと拳《こぶし》を握り固める。

思い出になんかしてたまるか。

絶対にしてたまるか。

激しい思いが体の真ん中を突き上げた。スニーカーの爪先を見つめていた顔を上げ、柾は勢いよく振り向くと、階段を駆け上がった。

貴之はおれの男だ。

「出ていけと云っとるのが聞こえんのか！」

祖父の大声が耳に入ったのは、病室の前まで引き返してきたときだった。

応接室は無人で、祖父が怒鳴りつけている相手は貴之だとすぐにわかった。ドアの隙間から覗く。

そこには、ベッドに半身起こした祖父と、それを無視して、食事用の簡易テーブルをセットしている貴之の姿があった。

貴之はナプキンを寝巻きの襟《えり》にかけさせると、痩せた右手を取ってスプーンを握らせようとしていた。スプーンはすぐ床に投げ捨てられる。祖父の目が怒りに爛々《らんらん》と光っている。

次に箸《はし》を持たせようとする。それも投げ捨てられると、貴之は隣のキチネットへ行き、盆にありったけのスプーンをのせて戻ってきた。祖父は真っ赤になって胸のナプキンを毟《むし》り取った。

「余計なことをするな！　そんなことを誰が頼んだ！　とっとと出ていかんか！」

「それだけ怒鳴る元気があれば、おひとりで召し上がれますね」

「うるさい。柾を呼べ。おまえの介添えなんぞいらん」

「介添えが必要なら三代を呼びます。柾はもう、ここへは来させません」

「なに？」

「秋からニューヨーク大学に留学させるつもりです。行かせてやってくださいますね」

あっと悲鳴を上げそうになった。カッとなった祖父が器をひっくり返し、粥が貴之のズボンにかかったのだ。病人用の冷めた粥でなかったら火傷《やけど》を負っていただろう。

柾は驚きで棒立ちになっていた。なぜ貴之が留学先のことを知っているんだ。

「……まるで三つかそこらの子供ですね」

貴之は落ち着いてハンカチでズボンを拭った。食器がカランカランと床を走り回る。

「なにをッ」

「仮病を使って愛情を確認しようとする。気に入らないことには癇癪《かんしゃく》を起こす。子供ですよ」

柾はまた呆気《あっけ》に取られた。——なんて云ったんだ？　仮病？

「昨日駆けつけた時点で気づきましたよ。でなければ、どんな理由があろうと中川があなたから離れるはずがない。三代に知らせるなと柾に言い含めたのは、仮病がバレないようにですね？　三つの子供ならかわいい嘘ですむでしょうが、あなたの我儘でどれだけ周囲が振り回されるか。二度となさらないでください」

「仮病なんか使っとらん。本当に具合が悪かったんだ」

四方堂翁はムキになって反論した。喉からまばらな生え際まで、真っ赤になっている。

「ではそういうことにしておきましょう。ともかく午後には退院していただきます。担当医の許可は取りました。柾は細かい手続きがあるので、今日は横浜には返しません」

「返さんだと？　なんだその口のきき方は。誰に向かってそんな偉そうな口を——」

「昨夜、柾の大学の助教授を訪ねて、留学について詳しく聞いてきました。宇川という人物で、若手ですが柾が専攻している学問ではトップクラスの研究者です。柾のことをとても高く評価し、考えてくれています。ぜひ留学させてやってほしいと熱心に口説かれました」

「わしは赦《ゆる》さんぞ、そんな勝手な真似はッ」

「いまロビーで柾と話をしています」

ガシャーンと食器をのせたトレーがひっくり返った。柾は反射的にビクッと身を竦《すく》めたが、貴之は微動だにしない。

背中から目が離せなかった。これまでの貴之とはまるで別人のようだ。

別人？　いや……違う。

これが貴之なのだ。鷹揚《おうよう》に、優雅に、何者にも臆《おく》す事のない毅然《きぜん》とした姿。内側から滲み出る王者の風格。ロビーで助教授が待っていることより、貴之が自分のために動いてくれていたことより、その後ろ姿に心臓がドキドキした。

柾が中川にやってみせた物真似など問題にならない。ただ立っているだけでその場に君臨する――あれが、本当の四方堂貴之だ。

「大学入学の直前、柾の生い立ちを暴露する記事が週刊誌に出たのを覚えてらっしゃいますね」

「……柾をここに呼べ」

四方堂翁を無視する貴之を、柾は初めて目にした。

「幸い他のメディアはすぐに抑えましたが、おかげで、柾は浴びなくてもいい注目を浴びる羽目になりました。本人は愚痴ひとつこぼしません。だが四方堂グループに関わりがあるというだけで、周囲は色眼鏡で見る。親しかった人間が急によそよそしくなって、いつの間にか遠巻きにされ、一方では擦り寄ってくる輩《やから》も後を絶たない。どんな些細《ささい》なこともやっかみの対象になる。良い成績を取らなければ、おぼっちゃんは遊んでいても将来困らないからと誹《そし》られ、友人の誘いを断れば、あいつは気取っていると二度と声をかけてもらえなくなる……」

「………」

「学生時代のわたしが、まさにそうでした」

壁の一点を見据えたまま、祖父が閉じていた口をゆっくりと動かした。

「……おまえが自分で選んだ道だ」

「そうです。わたしは自分で、四方堂の後継者として生きる道を選んだ。だが柾は違います。あの子にとって、四方堂の存在はイレギュラーでした。彼と母親の人生に横槍《よこやり》を入れてしまった」

「横槍だと？　ばかを云え、柾は正統な四方堂の――」

「正統な後継者であろうと、柾の人生は柾のものです。誰にもねじ曲げる権利はありません」

貴之の言葉は確信に満ち、かつ穏やかだった。あの四方堂翁が、黙った。

「海外留学は予てからの柾の希望でした。今の大学はパスポートを取り返すためにあなたと取り引きしたのであって、気持ちは変わっていないはずです。それに、このまま日本にいれば、この先どこへ行ってもあの子には四方堂の名前がついて回るでしょう。我々はあの子のお荷物にこそなれ、なにひとつ有益にはなりません。柾は将来、文化財の保存や修復の仕事に携わる夢を持っています。それには若いうちから実地経験を積んだほうがいい。年功序列の厳しい日本にいて、あれが四方堂のボンボンだと陰口を叩かれながら教授の鞄《かばん》持ちなどしているよりは、たとえ苦労しようと海外に出たほうがよほどあの子のためになる」

「そんなことは、このわしが許さん。あんなくだらん学問を許した覚えはない。遊ばせておくのは若いうちだけだ。あれにはいずれ四方堂を継がせる。第一、そんな話はあれの口から一言も……」

「柾はこの話を断るつもりだったようです。あの子が平気で年老いた祖父を見捨てていけるような子だと？」

四方堂翁はむっすりと黙った。

「わざわざ仮病を使って試さなくても、柾は、あなたのことをじゅうぶん思っていますよ。……だからこそ、もうこれ以上わたしたちは、あの子に甘えてはいけないんです」

貴之が懐から封筒を出す。中身を開いてかざすと、老人は血走った目をギョロリと剝いた。

「……ふん。よくそれだけの数を押さえたものだな」

「柾のことは諦めてください」

おそらく株主たちの委任状だろう。貴之は白い紙をきれいに畳んで、再び懐にしまった。

「この合計にわたしの持ち株を合わせれば、四方堂グループがどうなるか——ご説明するまでもありませんね」

「わしを脅すつもりか」

「交渉には万全の策をもって臨む。——わたしにそう叩き込んだのはあなたです。お忘れですか。四方堂翁」

——ああ。柾の胸は、細い紐で締め上げられたようにミシミシと痛んだ。

貴之が泣いている。


ドアの細い隙間。見えるのは貴之の背中だけだ。声に乱れはない、表情もわからない。

だけど、わかる。貴之は泣いている。男は涙を流さずに泣くことがあるのだ。

「亡くなった父がわたしを養子に出した、本当の理由をご存じでしたか？」

貴之は床に屈《かが》んで、トレーと食器を片付けはじめた。

「表向きは借金のためですが、もうひとつ——父はわたしをジョッキーにしたかったんです。自分で育てた馬に息子を乗せることが長年の夢だった。だが身長が伸びすぎましてね」

知らなかった。貴之は実の両親のことをほとんど話したことがない。柾が知っているのは、生前両親が、北海道でサラブレッドの飼育や調教をしていたことくらいだ。

「実の父に見捨てられたわたしを、あなたは拾ってくださった。どれほど嬉しかったか。四方堂は——あなたは、わたしにとって自分を保つための綱でした」

四方堂翁は、重たげに瞼を閉じた。

「……おまえは理想的な子供だった。候補は他にも何人もおったが、わしの目に止まったのは、初めからおまえひとりだ」

「それは初めてうかがいました。光栄です」

「だがおまえほどわしを失望させた者もおらん。まさか、飼い犬に手を噛まれようとはな」

貴之の手が、少し止まった。

「……あなたには感謝しています。四年前、柾をヨーロッパへ連れ出したとき、社会的抹殺を覚悟していました。だがあなたは、寛容にも償いのチャンスをくださった」

「それがわかっとるのなら、償え。おまえの一生をかけて償え」

「翁。……わたしが償わねばならないのは、四年前に投げ出そうとした四方堂グループ次期総帥としての責任、そしてグループ全社員に対してです。あなたにではありません」

老人が再び押し黙る。布団に投げ出した皺《しわ》だらけの手の甲に、くっきりと太い血管が浮き出ていた。

「柾に、こう云われたことがあります。四方堂の籍に入って姓だけ変えたところで、なんの意味があるのだと。……あの頃のわたしは、目に見える絆《きずな》で柾を繋ぎ止めることに必死でした。だが顧みれば、わたし自身、実の父とは血の繋がりがあるという……ただそれだけの関係だった」

床のスプーンをすべて拾い集めると、貴之は、ゆっくりと父親に向き直った。冬の朝陽が、彼の輪郭を、硬質な光で縁取っていた。

「あなたの期待に応えることだけが、わたしの生きがいでした。この二十年、その一心でした。柾がやってくるまでは次期総帥として、柾がやってきてからは、正統な後継者にこの手で四方堂グループを引き渡すことこそ自分の使命だと。それがあなたにとって、そして柾にとっても最大の幸福だと、信じて疑わなかった」

「………」

「……重大な過ちを犯すところでした」

静かに息を吐き出す。

「柾に幸せな人生を送らせてやれないのなら、自分の人生が意味のあるものだとは到底思えません。あなたにも同じことが言えるはずだ。わたしたちの幸福は、あの子の幸福とは遠いようにみえて、本当はとても近いところにあるはずです。……そう思われませんか?」

柾はそっと、戸口から離れた。

足音を忍ばせて廊下に出る。静かに戸を閉めた。ゆっくりと閉じるドアの向こうから、二人の声が漏れ聞こえた。

「春になったら、今度はわたしがオペラのチケットをお送りします」

「……ふん。くだらん。おまえほどの男が、甥《おい》っ子のご機嫌取りか」

「いいえ。ただあなたと一緒に楽しみたいだけですよ。……お父さん」

柾は再び階段を下りていった。一階の広いロビーは外来患者で混雑しはじめていたが、宇川助教授のずんぐりした背中はすぐに見つかった。

「おじいさんが入院してたんだってなあ。容態はどうだ? いや、何度携帯にかけても連絡がつかないんで慌てちまったよ。昨日、君のおじさんって方が書類を揃えてうちまで来てくれたんだが、本人のサインが必要なのが何点かあって——……おい、岡本《おかもと》? どうした。おじいさんになにかあったのか」

柾は黙って首を横に振った。顎の先からスニーカーの上に、ぽたりと雫《しずく》が落ちた。なにかを感じたように、宇川も黙った。吹き抜けの高い天井にざわめきが満ちていた。

6

明かりを落とすと、四十八階から望む夜景は、宝石箱をひっくり返したように輝きはじめた。

古今権力者たちは、高い場所から世界を睥睨《へいげい》したがる。

このオフィスの主《あるじ》は、その典型だ。一面の窓から東京が見下ろせるだだっ広いフロアに、これ見よがしに豪華な調度品。部屋には住人の人柄が表れるというが、ニューヨークの高層ビルの中にある貴之のオフィスは、もっとシンプルで機能的だった。少なくとも入口から机まで三十歩も人を歩かせたりはしない。

夜景もそろそろ見飽きてきた頃、エレベーターの到着を知らせる、ポーンと弾むような音が響いた。柾の心臓もポーンと弾み、早鐘のように打ちはじめる。革張りの椅子を回転させたと同時に、右側の扉が開いて、エレベーターから人が降りてきた。

誰もいるはずのない会長室の机に、摩天楼の眩《まばゆ》い光を背に座っている柾を目にすると、貴之は、薄暗い中でもわかるほど唖然とした顔になった。

「先に一杯やってるよ」

背もたれに寄りかかったまま、コーヒーカップをちょっと持ち上げてみせる。そのすました顔がおかしかったのか、貴之はすぐに相好を崩した。

「いいね。わたしもお相伴にあずかろう」

同行していた女性秘書を下がらせ、貴之はネクタイを緩めながら隅のカウンターへ行って自分のコーヒーを注いだ。レセプションに参列したと聞いたが、残念ながら期待していた礼装ではなく、普通のスーツだった。貴之のタキシードは絶品なのだが。

「じーちゃん、昼前に退院したよ。聞いた？」

「ああ、中川から連絡をもらった。大事にならずにすんで幸いだったな」

そうだね、と柾も同意した。仮病のことは、祖父の面子を重んじて、隠しておきたいのだろう。敢《あ》えて言及するつもりもなかった。

今朝、宇川助教授と話を終えて病室に戻ると、貴之は祖父の代理でレセプションに列席するため神戸《こうべ》に発《た》った後だった。

柾は柾で午後から大学に行き、悠一とヒゲさんの店へ行ったり、急にバイト先から配達を頼まれたりと、夜まで忙しく過ごした。

貴之はコーヒーを持って、デスクの縁に腰かけた。

濃紺の三つ揃い。ワイシャツは白、タイはレジメンタル、アクセサリーはカフスだけで、遊びは一切なく、ビジネスマンとしては過ぎるほどスクエアな出《い》で立ちだが、それとはアンバランスな崩れかかった前髪や、ネクタイを緩めた褐色の喉もとに男臭い色気が漂っている。

「まさかここにいるとは思わなかったよ」

「中川さんからじーちゃんのオフィスに寄るって聞いて、入れてもらったんだ。びっくりした？」

「ああ、心臓が止まるかと思った。七時頃、車から携帯に電話をしたんだが……」

「地下鉄に乗ってた頃かな。あ、二十一階の踊り場、蛍光灯切れてたよ」

貴之はまた驚いたようだった。

「階段を使ったのか？　下に誰かいただろう」

柾は例の後遺症で、特に高層ビルのエレベーターに乗る際は、パニックを起こさないよう誰かに手を握っていてもらう必要がある。が、以前ニューヨークのアパートで一人で乗らなければならない機会があり、親切なドアマンに頼んで同乗してもらったことがあった。それを貴之に話したところ、どうして自分を呼ばなかったのだと叱られて、ちょっとした喧嘩になったのだ。

あのときは、日頃理論的な恋人がどうしてそんなつまらないことにつっかかるのか、理解できなかった。ひとりでエレベーターに乗れない。そこに貴之がいなかった。結果居合わせた人間に付き添ってもらった。それだけのことじゃないかと。

柾は弄《もてあそ》んでいたカップを置いて、貴之に向かって軽く右手を伸ばした。貴之がその中指の先だけを軽くつまむ。コーヒーを持っていたせいか、皮膚がいつもより熱かった。

手入れの行き届いた爪。繋いだ指から、彼の体温がじんわりと染み通ってくる。柾は顔を上げ、恋人の目を見つめた。

「昨日はごめん」

貴之も目を逸《そ》らさない。

「ちゃんと貴之の顔を見て謝りたかったんだ。電話じゃなくて」

「わたしのほうこそ、頭ごなしにすまなかった。……さて、では第二ラウンドといこうか？」

柾が声を立てずに笑うと、貴之はつまんだ中指を自分の口もとに引き寄せた。

少し乾いた唇の感触。火がつきそうになり、柾はビクンとして熱い息をついたが、目の前にある貴之の目が、どこか切なそうな色を帯びていることにも気づいた。

「……今夜、仲直りできてよかった」

口の中が急に干涸《ひから》びる。

「……仕事？」

「急にね。明日の晩発つ」

「そっか……」

休暇返上はよくあることだ。貴之は多忙で、彼の肩には、多くの責任が乗っている。

寂しい。もっと一緒にいたい。そう訴えることは簡単だった。

駄々をこねれば、もしかするともう一日くらい出発を延期してくれるかもしれない。貴之の代わりに誰かを駆けずり回らせ、誰かの苦労を水の泡にすることを考えなければ。だが、そうやってもぎ取った二十四時間も、いずれ終わりがくることを、どちらも知っていた。

「だったらぐずぐずしてられないね。場所を替えて第二ラウンドをやろう」

柾はわざと深刻ぶって立ち上がった。それからいたずらっぽく笑って付け加える。

「っていっても、食事と酒とデザートの第二ラウンド。仲直りのしるしに奢《おご》るよ」

「いいね」

貴之がとろけそうに目を細める。そんな顔を見るのは、とても久しぶりな気がした。


車は柾が運転した。行き先は告げず、他愛もない話をしながらの短いドライブ。途中、国道沿いのドライブスルーでフライドチキンを買い、ついでにコンビニで紙コップや飲料水を仕入れる。

「ピクニックにでも行くみたいだな」

オレンジ色の籠を提げた貴之の声は、心なしか弾んでいる。彼は最近コンビニがお気に入りなのだ。まるでハロッズに迷い込んだ子供のように、物珍しげにうろうろ歩き回る。

なにしろ目立つ男だから、自動ドアをくぐった瞬間から、店内の視線が全部、フェロモンに吸い寄せられるかのように彼の背中を追って動く。それを少し離れて眺めるのが、柾の密《ひそ》かな愉《たの》しみだ。本人は自分が完全に浮いていることを気づいていないのもまたおかしい。

柾が教えたので、生鮮食品は後ろのほうから取ってくることも覚えた。あの貴之がサンドイッチを手に取って、賞味期限を真剣に吟味している姿などは、かわいくてたまらない。

かわいくて……愛しい。

柾がレジを済ませる間、貴之もなにか小物を買ったようだ。気の毒なくらい赤面しているレジの女性から釣り銭を受け取るのを待って、再び出発した。

そこから十分も走ると、ほどなく目的地である。貴之ももう、車がどこへ向かっているかわかっているようだった。二人とも次第に口数が少なくなっていく。

ラーメン屋の看板を通り越して国道を右折し、閑静な住宅街の緩やかな坂道を上っていくと、月明かりに照らされた、庵治石《あじいし》の長い塀が現れた。

門の前に車を寄せてエンジンを止めた。辺りは静かだ。先に降りた貴之が、ぴったりと閉じた門扉を拳で叩いた。

「だめだな。電気系統が死んでる。鍵を持ってこないと……」

「開けてくるよ」

軽く助走をつけて、片足で塀を蹴る。トントンと二歩で真っ暗な庭に下り立った。内側からロックを解除し、腕に力を入れて鉄扉をスライドさせる。手動で開けようとすると結構な重量だ。

開いた門から、懐中電灯の光がいきなり顔に浴びせられた。手で目を覆って文句を云うと、貴之の呆れたような溜息が聞こえた。

「よかった。猿の子を恋人にしたかと思ったよ」


幸い玄関は、柾が持っていた鍵で開けることができた。さぞ黴臭《かびくさ》くて埃《ほこり》っぽいかと思ったが、時々誰か掃除に来るのか、廊下を綿埃が舞うようなことはなかった。

二人ともまだ体が間取りを覚えていた。南に面したリビングルームのドアを開け、貴之が反射的にスイッチを探る。電気はつかなかったが、窓から月明かりが入ってくる。目が慣れてくると、部屋の様子が浮かび上がってきた。

家具は処分されずに残っていた。窓辺にこんもりと盛り上がった白い布を引くと、ソファが現れた。昼寝をしたり、宿題を見てもらったり、愛しあい、時には喧嘩もした、大きなソファだ。最後に二人でここに座ったのは、四年前——あの事件の前だった。

「ここ、売りに出すんだってさ」

「そうか……。築浅だからすぐに買い手は付くだろう」

「いい人に買ってもらえるといいね」

「……そうだな」

柾はゆっくりと瞬きした。横に立っている貴之の胸にも、同じように多くのものが去来しているのだろうか。

しばしの間、二人は青白い月光に照らされた室内に、じっと佇《たたず》んでいた。

貴之が倉庫を見てくるというので、荷物を下ろして、階段を上がった。

二階には二人の寝室と書斎があった。引越しは入院中に行われてしまったので、ここに入るのも四年ぶりだ。家具は白い布が被せられ、カーテンは取り払われていた。私物がないだけでずいぶんガランとしている。中庭の大きな桜の樹はまだ健在だった。この桜にもたくさんの思い出がある。後の住人が伐《き》らずに残してくれるといいのだが。

一階に戻り、台所で目当てのものを見つけてリビングに行くと、暖炉に火が入っていた。コートを脱いでその前に座っていた貴之の顔が、オレンジ色に照っている。

「燃料残ってたんだ?」

「ああ。まだ倉庫を片付けていないんじゃないかなと思ったら、当たりだったな。そっちは?」

柾はにやっとして、台所で収穫してきた赤ワインのボトルを振ってみせた。

車から持ってきた毛布を一枚床に敷き、もう一枚を二人で分けあい、火の前に並んで座る。冷めかけたチキンとサラダのささやかな晩餐《ばんさん》だ。

「あっ。しまった」

「どうした？」

「オープナー買い忘れた……」

せっかくの大収穫を前にがっかりする柾に、貴之がさっき寄ったコンビニのビニール袋を差し出す。……いいけどさ。なんでワインオープナーなんか買ってるわけ？

「ちょっと先を読んだだけだよ。ピクニックの笑い話にはこういう忘れ物がつきものだからな。開けてみよう。当たり年のマルゴーか。よくこんなものを見つけてきたね」

「三代さんの料理酒だよ。こんなのストッカーにごろごろしてる。これはいつのお歳暮かなあ」

「……どうりで我が家の食事がうまかったわけだ」

「うん、ほんとだ。これは当たりだね。まったりとしてコクがある。料理用にしてはなかなかイケるよ」

柾が偉そうにテイスティングの感想を述べると、貴之は笑いながら自分の紙コップにワインを満たした。

乾杯し、フライドチキンを口に運ぶ。二人とも空腹で、しばらく食事に専念した。

目の前で赤々と燃える暖炉の炎。パチパチと爆《は》ぜる火の音。ワインで腹の中からも温められ、体温がゆるやかに上昇してくる。一枚の毛布にくるまっている貴之の体温も少し上がってきたのだろうか、さっきまで意識しなかったコロンの匂いが、ふわっと鼻をくすぐった。

「……いい夜だ」

貴之が呟《つぶや》く。うん、と柾は笑みを浮かべた。今、まったく同じことを考えていた。

ワインのボトルを取って、貴之のコップに注ぎ足す。

「昨日、宇川先生に書類を持ってってくれたんだね」

「……勝手に余計なことをしてしまったな」

「ううん。ありがとう。嬉しかった」

「気持ちは固まったのか？」

「うん。じーちゃんにも話した。ニューヨーク大に留学することにしたって」

「春休みに入ったら一度こちらにおいで。英語を鍛えないと。語学力をつけるには現地の友人を作るか、アルバイトでもするのが一番早道だ」

「うん……」

「……翁のことが気がかりか？」

うん……と、柾は溜息をつき、両手で膝を抱えた。

「留学のこと打ち明けたとき、じーちゃん、最初から最後まで、一言も口をきかなかった。なんか……そのときのじーちゃんが、すごく小さく見えてさ」

「……そうか。だが誰よりも一番柾の幸せを考えておられる方だよ。時間はかかるかもしれ

ないが、きっと理解《わか》ってくださる」

柾は口を尖らせた。

「えー？　なーんだ。一番おれのことを考えてくれてるのは、貴之だと思ってた」

「勿論《もちろん》考えているよ。ただ問題は、わたしが考えていることは、柾を幸せにすることばかりじゃないってことだな」

「え？」

「……時々、無性にいじめて泣かせたくなる」

「貴之、それオヤジ入ってる」

自覚があったのか、柾が笑いだすと、貴之は自嘲《じちょう》まじりの吐息をついて灰をかき混ぜた。

「まあ、翁の年頃には嫌でも枯れるだろう」

「あと四十年かあ……。でもおれは、七十になっても、貴之が欲しいよ」

灰かき棒が止まる。視線が合う。貴之の顔の上に、オレンジ色の火影がゆらめいていた。

「七十でも八十でも、死ぬまで……たとえ死んでも、貴之が欲しいよ」

パチンと火が爆ぜた。

「前に、ニューヨークで、エレベーターのことで喧嘩になったの覚えてる？」

貴之は勿論だ、という顔で頷いた。

「それで今日は階段を？」

「うん。けど運動不足だね。最後は膝がガクガク。喉は渇くし」

「それはいけないな。では早速、途中に給水所を作らせよう」

お願いします、と柾は笑った。貴之のこういう意外なノリのよさが好きだ。

「で、あのときさ。なんで貴之があんなに怒ったのか、わからなかったんだ。だって貴之がいなかったから仕方なかったんだし、手を繋いでたのだって二、三分で、なんにも疚しい気持ちはなかったんだし」

「……」

「けど……考えてみると、おれ、今までヤキモチを妬《や》いたことがなかったんだよ」

紙コップの中身をそっと揺する。

「そりゃ……離れてて不安になることはいっぱいあったけど、貴之ともう会えなくなるんじゃないかとか……離れてる間におれのこと忘れちゃうんじゃないかとか、そういう不安で。美人秘書のスカートにこーんなスリットが入ってても、レストランでめちゃくちゃカッコいいボーイが貴之にだけワインをサービスしても、べつにどうってことなかった。むしろ誇らしかった。そうだろ、おれの貴之はかっこいいだろ、羨《うらや》ましいだろ？　って」

貴之はじっと柾を見つめている。柾も彼を見つめた。

「でも、わかったんだ。おれが嫉妬に煩わされたことがなかったのは、貴之が細心の注意を払ってくれてたからだって。おれの前では、どんな美男美女にもグラつかないし、おれのことだけを見て、おれが気持ちよく過ごせることだけに専念してくれてるからだって。……もし、おれと同じパニック障害があったとしても、貴之は、たとえ一分だって誰かと手を繋いで密室で二人きりになったりしない。五十階でも百階でも、きっとひとりで階段を上がってくる。おれを不安にさせないために。……いままでおれ、それに気がつかなかった」

「……柾……」

「それから、もうひとつわかったことがあるんだ。おれってけっこう嫉妬深いみたいだよ」

貴之は穏やかな微笑を浮かべた。

「初耳だ」

「じゃ、云おうか？　貴之、この間すっごい美少年とディズニーランドに行っただろ」

触れ合っていた肩が、サッと硬直した。

「それと、おれが悠一のとこに泊まった翌朝、マンションの前でその子と会ってた」

はっきりと貴之の顔色が変わる。そこまでは予想通りの反応だった。

予想を裏切ったのは、柾自身だった。罵倒《ばとう》するかぶん殴るか、どちらにしても穏当にすますつもりはなかったのに、柾の体に瞬時に燃え広がったのは、憤りでも、嫉妬でもなく、もっと激しいもの。――性欲だった。

「柾。あれは……」

云いかけた貴之の口を手の平で塞ぐ。濡れた唇の感触。ぞくぞくする。舐《な》め回して、この中を蹂躙したい。

「あの子が誰だろうと、そんなこと、おれの知ったことじゃない」

肩から毛布が滑り落ちる。二人は身じろぎもしなかった。

「けど、これだけは云っとく。――貴之。あんたはおれの男だ。おれ以外のやつを抱いたら、絶対に許さない」

貴之の目が少し見開かれる。睨むようにその目を見据えたまま、柾はゆっくりと手を下ろした。

「……するなら、命がけでしろよ」

貴之は黙っている。見つめる瞳《ひとみ》は驚くほど真剣で、すると急に居たたまれないくらいの恥ずかしさがこみ上げきた。耳を真っ赤にして俯《うつむ》く。

次の瞬間、太い腕が、嵐に巻き込むように、柾を抱いた。風が起こり、暖炉の炎が一際大きく燃え上がった。


太い蛇のような性器が、きゅっと引き締まった小さな尻の中心を、時間をかけて、じっくりと割り拡げていく。うつ伏せた柾の背中には、熱い汗が細かな玉となって光っていた。暖炉に炙《あぶ》られ、体の片側だけがジリジリと熱い。

柾の内部にすべて収めようと、逞《たくま》しい褐色の胸が、後ろから腰を掴んで覆い被さってくる。普段のストイックさからは想像もできないような荒々しさ。彼が背中で体を傾斜させるごとに増す、中心の圧迫感。そしてゆっくりと引き抜かれるときの排泄感《はいせつかん》に似たたまらない快感……柾は親指を噛んで、必死に自分を保った。そうしていないと、あっという間に絶頂に攫われてしまいそうだった。

ぐちゅっぐちゅっと淫靡《いんび》なジェルの音がする。用意周到な恋人がコンビニで仕入れたのは、ワインオープナーだけではなかった。どうりでレジの女の子が赤面していたわけだ。

オフィスで会ったときからセックスするつもりでいたのだろうか。それとも柾がデートに誘ったとき？　もっと前から？――どっちでもいい。貴之が、自分に性欲を感じていることが、嬉しくてたまらない。

彼のためにだけ開発された器官。深く飲み込んだ雄を、きつく締めつけ、ある瞬間でふっと緩める。貴之が動きを止め、呻《うめ》く。その押し殺した声に、柾の肉体だけでなく、胸の深くにも、深い官能の火がともるのだった。

もっと感じさせたい。快感を与えられるだけじゃなく、自分から悦ばせて、他になにも目に入らないほど夢中にさせてしまいたい。一緒にどろどろに溶けて、混ざり合いたい。

好きだ。好き。好き。大好き。

こうして、泣くほど激しく貫かれることも、うんと甘やかされることも。つまらない嫉妬をする貴之も、仕事中のストイックさも、コンビニで浮かれる子供のような彼も。三十三歳の貴之も、二十九のときの彼も、そして、少年時代の彼も――

できることなら、十二歳の貴之をこの両腕できつく抱きしめてやりたい。愛されたくて、ただ父親に褒められたい一心で、必死に両腕を伸ばしている彼の姿が脳裏に浮かび、胸の奥が熱く震える。

おれを知らない、十二歳の貴之。もう少し待っていて。あとほんの少し。大人になったら、きっと出逢《であ》えるから。いい成績を取らなくたって、帝王学なんか知らなくたって、心から愛される日が、きっとくるから。世界のどこにいたって、必ず、おれは貴之を捜し出して、愛すから。

そして、千回でも、一万回でも、キスしよう。

「ああ――」

どちらのものともつかぬ喘ぎ声が迸《ほとばし》る。柾は背中をひねって上半身を反転させ、がっしりした腰に脚を絡めて、再び、男の凶悪なほどの逞しさを迎え入れた。その甘美な狭さに貴之がスパートをかける。同時に中心を握られ、大きな手の平で扱かれると、柾もこれ以上は引き延ばせなかった。

手を取り合って階段を一気に駆け上がる。深く突き上げられ、どろどろに蕩《とろ》けた脳髄に、白い閃光が走る。乳首をきつく噛まれた瞬間、耐え切れず、かすれた鳴き声を上げて放った。ビクンビクンと絞りこむように痙攣する体内で、貴之も爆発した。

二人は繋がったままくずおれた。二つの心音も、一体になって、狂ったように早鐘を打っている。

荒い息をつきながら、柾は、ゆるゆると瞼を上げた。貴之も呼吸を乱したまま、汗の滴る顔を持ち上げた。潤んだ目に、欲情の汗にまみれた互いの顔が映る。肩が忙《せわ》しく上下していた。

柾は舌を伸ばして、男の額の汗を舐め取った。そして乾ききった二つの唇と舌を、一枚の貝のように、ぴったりと重ね合わせた。

エピローグ

「……なあ、悠一。タイムマシーンって、どこ行ったら売ってると思う?」

人は学習する生き物である。

だから、十年の腐れ縁の友人がそんな突拍子もない質問をしてきても、もう悠一は戸惑わなかった。皿を拭《ふ》いているヒゲの店主も、ちょっと呆れ顔をしつつ、にこにこと話を聞いている。

ランチタイムの後で、店は暇だ。客は彼らだけである。

「そりゃやっぱり、SFものはNASAじゃないか?」

文庫本のページをめくりながら答えると、ランチを食べ終えてコーヒーを飲んでいた柾は、悠一のもっともらしい回答に満足した様子だった。

「そっか。やっぱNASAか」

「買ったら一回貸してくれ。過去に戻って、おまえとの出逢いを清算してくるから」

「出逢いかあ……。中一だったよな、悠一との運命の出逢いは」

「中一だよ。校舎裏の雑木林で煙草を喫《す》ってたら、ボヤと勘違いしておまえにバケツの水をぶっかけられたのは」

「あはははは。まだ根に持ってんの？」

「持たないわけないだろうが。あれを皮切りに、この九年、どれだけの被害をこうむってきたか。家出しちゃあ転がり込んでくる、バスタブにラジカセは落とす、コタツは押し付ける、寝相は悪い、ノロケは聞かせる。数え上げたらキリがない」

「悠一、苦労性だから」

「誰のせいだ……」

「若返りの薬は諦めたの？　よっぽど中学生に戻りたいんだね」

ヒゲさんが、気を遣って絵空話に合わせてくれる。柾は照れたように笑った。

「二十年前？　なにしに？」

「うん……でも今度は、中学よりもっと昔に行ってみたいんだ。二十年くらい前に」

母親に会いたいのか？　父親はもっと前に亡くなっているはずだし、一歳児の自分に会っても会話もできないだろう。貴之だってまだ十一、二歳の子供のはずだ。首を捻る悠一に、
柾はにやっと笑ってみせた。

「なあ。おれこないだショタコンの気持ちはわからないって云ったけど、なんとなくわかったよ」

「なにが」

「つまり相手次第だってこと」

悠一は相手の椅子を蹴飛ばした。鼻の下が伸びてるぞ。

「あ、そうそう、オカくん。悠一くんとね、オカくんの留学決定おめでとう会をやろうって盛り上がったんだよ。都合のいい日を教えてくれる？」

「えぇぇー？　いいですよ、んな大げさな」

「いいじゃない、ボクもそれをダシにして飲みたいんだから。二人の試験明けでいいかな？」

「あっ。そうだ……忘れてた。試験。うぇぇー……」

「おれもタイムマシーンが欲しくなってきた。試験の翌日まで行って問題用紙を……」

「おいおい、お二人さん。使い道が違うだろ。タイムマシーンを買ったらさ、このまま怠けてたらどんな惨状になってしまうか、三ヵ月前の自分に見せに行くんだよ」

二人は頭を下げた。

「……ごもっともです」

ふと、ヒゲさんの後ろに、ミッキーマウスの金の置物が飾ってあるのが二人の目に入った。

「そういえば、貴之さんがＴＤＲに行かないって云ってた理由、わかったか？」

「ああ……あれ」

と、柾は複雑そうな顔をした。笑い出すのをこらえるような、呆れているような。

「うん。よーくわかったよ。貴之が生粋の商売人だったってことが」

先に結論から云えば、そもそも、何事も起こってはいなかったのだ。件《くだん》の美少年の身元は、帰宅してから見せられた二枚の写真で、すぐに明らかになった。

一枚はシンデレラ城の前で写っている、お人形のような制服の少年と、貴之。もう一枚は、どこかの公園のようだった。少年が二人の男に挟まれて写っている。左側は車椅子で、年齢不詳のドキリとするような美貌の男。そして、少年の右側に立っているのは――

「真ん中の男の子は、草薙の息子だ」

息が止まるほど驚いた。右側に写っていたのは、草薙慵だったのだ。

「もちろん本当の息子じゃない。孤児でね。四年程前、草薙が引き取って養子にして、こちらのパートナーと一緒に面倒をみている。名前は朔夜《スヤ》。日本語の発音では、サクヤ」

「……中国人……？」

「ああ。出身は上海だ」

柾は貴之を見つめた。もう彼の云わんとすることが飲み込めた。

ぼんやりとだが、記憶がある。あの船から救出された子供がひとり、ヘリに同乗していた。あのときの子供が……？

「折をみていずれ話すつもりだったんだが……おまえに嫌なことを思い出させるんじゃない

かと、心配でね。朔夜の方は上海での生活はほとんど記憶がないらしい。日本語はもうわたしより達者なくらいだよ。東斗の中等部に入学して、前々から合格祝いにディズニーランドに連れて行く約束をしていたんだが、なかなか時間が取れなくてね。あの日はうまく予定が繰り上がったので連絡を入れてみたら、たまたま朔夜も授業が昼までで、急遽《きゅうきょ》中川にチケットを手配してもらったんだ」

「……じーちゃんが入院したときも、この子と？」

「いや、草薙のパートナーに面会に行っていた。いま郊外の病院で療養しているんだ。あまり思わしくないらしい。話ができるうちに朔夜のことで相談しておきたいことがあると云われてね……それで携帯を切っていた。出かけるとき、よく眠っていたんで声をかけずにメモを残してきたんだが、気がつかなかったか？」

「じゃああの日は？　おれが悠一のとこに泊まった日……朝、あの子を見送ってただろ」

「ああ、学校に行く途中、この写真を届けてくれたんだ。……ん？　どうした」

「……立ち直れない」

あんまりだ。カッコ悪すぎる。穴を掘って自分を埋めたいくらいだ。

なんだったんだよ、この四日間の煩悶《はんもん》は……なにもかも早合点の独り相撲じゃないか…。

「柾」

膝を抱えて針ネズミのように丸まってしまった柾の背中を、貴之が後ろから抱きしめた。

「この制服、懐かしいだろう？　柾の中学時代を思い出したよ」

「……こんな美少年と比べんな」

恥ずかしさのあまりふてくされる柾のこめかみに、唇を優しくこすりつける。

「嬉しかったよ。焼きもち」

「やめろったら。もう云うなよ」

赤い顔で睨みつけた。だが貴之の顔は、ただ蕩けそうに優しいばかりで、恐れたような怒りや嘲《あざけ》りはかけらも浮かんではいなかった。

「覚えているか？　あのとき、柾はまだ十四だった……」

「初めてのとき？　そりゃ忘れられないよ、一生」

「わたしもだ。一生忘れることはできない。まだ子供だったおまえを、何度も、自分のエゴで傷つけた……」

両腕を回したまま、柾の首筋に、そっと額を押し付けてくる。柾は目を見開いた。

「貴之……」

「愛している」

胸を締め付けるような声。前に回された腕に、少しだけ力がこもる。

「十四歳の柾も、十五歳の柾も、十六歳も、十七も……だが昔よりずっと今のほうが、今よりもきっと来年のほうが、より深く、おまえを想っている。七十になっても、八十でも」

「貴之……」

「ユトレヒト駅でのプロポーズが、この四年、わたしの支えだった。……わたしも、少しでもおまえの支えになれたらいいのだが」

柾は体を捻《ねじ》って、片手を伸ばし、彼の黒髪の間に指を入れた。整髪料の匂いがわずかに立ち上る。

きっと、目の縁が真っ赤になっていただろう。だが貴之はそれを見ても少しも笑わなかった。笑ったとしても柾には見えなかった。彼を、自分の胸に抱きしめていたから。

「貴之はおれの支えだよ。いままでも、これからも……ずっと」

指と指を絡める。目を合わせたまま、音を立ててキスする。次は瞼を閉じて、少し長く。今度は唇をそっと開いて……もっと深く……深く。

……好きだ。

滲むように、胸に、想いが広がっていく。

昨日より、今日のほうが。今日よりきっと明日のほうが。貴之が好きだ……。

「……やっと霧が晴れた」

霧？　と貴之が顔を上げる。柾は曖昧《あいまい》に笑って、首を横に振った。

「今度、おれにも紹介してよ。会ってみたいな」

「朔夜か？　もちろんだ」

「あったかくなったら、次は三人で行こうよ、ディズニーランド。貸し切りで。きっと楽しいよ」

するど、だ。

貴之の顔が急に曇って、甘い余韻も吹っ飛ぶほど、ビシリとそれを退けた。

「だめだ」

「……なんで？」

「あそこだけは諦めなさい。別の場所ならどこへでもつき合うから。ＵＳＪでも花屋敷でも」

「だからなんで！」

「知らないのか？」

するとこの年上の叡智《えいち》に満ちた恋人は、大真面目にこう云って、柾を唖然とさせたのである。

「あそこには、カップルで行くと必ず別れるというジンクスがあるんだ。井の頭公園のボート池と、伊勢神宮もよくないな。あんな縁起の悪い場所に、大切な柾を連れていけるわけがないだろう」

「……なるほど。まあ、貴之さんも商売人だもんな。ああ見えて意外と縁起を担ぐ人だったわけか……」

悠一はしみじみと呟いた。柾はカウンターに顎をのっけて、うむーと唸る。

「意外とどころか、新しい下着をおろすのは大安か友引って決めてるよ。じーちゃん家《ち》なんか、バリバリの洋館のくせに庭にお稲荷さん祀《まつ》ってるし……。そういえば昔、朝めしに味噌《みそ》汁《しる》かけご飯を食べたら貴之に叱られてさ」

「なんで?」

「朝から『賭《か》け事』はするな、って。だからうちでは、ご飯を味噌汁に入れる」

「まあ……頑張れ」

友人の背中にポンと手を置いた。

「さてと。そろそろ行くか。ヒゲさん、じゃあ詳しい予定はまた……」

「おれ、悠一と知り合うために、東斗に行った気がするよ」

いきなり、悠一はコーヒーを噴き出した。ヒゲさんが慌ててておしぼりを放る。柾は右頬をぺったりカウンターにくっつけて、慌てふためく彼にさらにこう云った。

「ほんとにそう思ってるよ。あのときおまえと友達になれなかったら、人生、半分損してた。悠一はおれと知り合って損しただけかもしれないけど」

やめろ、と悠一はおしぼりで顔を押さえて咳《せ》き込んだ。うなじがうっすらと汗ばんでいた。

「そんなこっ恥ずかしい台詞《せりふ》はな、今際《いまわ》の際までとっとけ。バカ」

珍しく、今夜は玄関にクロの出迎えがなかった。きっと祖父の膝で眠っているのだろう。代わりに出迎えてくれた三代に尋ねると、先ほど風呂をすませて、中二階のサンルームにいるという。部屋に上りがてら覗くと、暗がりに暖炉の炎が燃えていた。

ただいまと声をかけたが、後ろを向いたまま、返事もしない。代わりに黒猫が膝からストンと下りて、しなやかな尻尾を柾の脚にすりつけた。

留学のことを打ち明けた日から、ずっと、祖父の機嫌は戻らない。これまではたとえ喧嘩をしても、翌朝は必ず一緒に食卓に着いたのに、あれ以来食事は自分の部屋で摂っている。なにを話しかけても返事もしない。柾を避けていた。貴之をこの家から締め出したときのように。

「じーちゃん。そこで寝るなよ。また風邪ひくからさ」

今夜もやはり答えはなかった。

柾は溜息をつき、ヘルメットと、教科書の入った重いバッグをぶら下げて自分の部屋に向かった。

大理石の階段を、尻尾をピンと立ててクロが先に上がっていく。元気がないのがわかるのか、祖父と仲がこじれてから、いつになく柾に纏わり付くようになった。猫は気まぐれだといわれるが、本当は優しい生き物なのだ。

部屋の明かりをつけ、そのままベッドにどさっと横になる。スプリングがぎしっと軋んだ。ここに越してきたとき、家具屋が持ってきたカタログで一番安かったセミダブルベッド。これ、と指さした柾に、家具屋の顔はひき攣っていた。後から聞くと、間違って持ってきてしまった低価格帯カタログだったらしい。支払いは祖父がしたが、二ヵ月アルバイトをすれば柾でも買えるくらいの額だった。

本当のことを云えば、寝られれば、床に布団を敷いたってよかったのだ。一番安いベッドを選んだのも、いずれここを出ていくときに処分しやすいからという気持ちが咄嗟《とっさ》に働いたからだった。

祖父と貴之を仲直りさせたら、ここでの自分の役目は終わる。そうすればアパートを借りて、自活するつもりだった。一日も早くその日が来ることを願っていた。

だが結局は、役目も果たせず、自分までが祖父とこじれて出ていこうとしている……。

ぼんやりと倒れ込んで動かない柾を心配したのか、クロがベッドに上がってきた。膝に片方の前足をかけて、なにか催促するようにニャーと鳴く。まあ元気だしなさいよ、と云っているように聞こえた。

柾はそっと笑って、彼女の小さな頭を撫でた。

「……だな。ぼーっと寝てたってしょうがないか。風呂入って、勉強だ。試験近いしっと」

それに、きっとあの二人は大丈夫だ。

おれがいなくなっても、貴之がいる。彼なら、祖父の心に詰まった氷を少しずつ溶かしていくだろう。どんなに時間がかかっても。たとえ血は繋がっていなくても、あの二人は、間違いなく父子なのだから。

起き上がって、クロと教科書入りのバッグを抱き上げる。机の上に大きめの白い封筒が置いてあった。

「不動産屋……？」

なんだろう。

クロを机に下ろして封筒を開ける。中には数枚のコピー。英文と、部屋の見取り図だ。目を通した柾は、一瞬唖然とし、そのますごい勢いで部屋を飛び出した。一足飛びに階段を駆け下り、サンルームに飛び込む。

「じーちゃんっ！」

返事はない。暖炉の火が赤々と燃えている。握り締めてきた封筒を振り上げ、もう一度大きな声で叫んだ。

「じーちゃん！　これっ！」

「……やかましい」

かすれた、不機嫌な声が暗がりから返ってきた。

「いったい幾つになったんだ。でかい声を出して、屋敷を駆けずり回るな。子供じゃあるまいし。だいたいわしはまだ耳は遠くなっとらん」

「ごめん。あの、これ――これ見た。不動産屋の契約書っ……」

「わかっとるわ。見たからバカでかい声を上げとるんだろうが」

あいかわらず振り向こうとせず、祖父はフンと鼻を鳴らした。それでも柾の興奮は冷めない。

「ニューヨークにアパートメント借りたんだ？　ここって、貴之と同じ住所だよね？」

「そんなことは知らん。おまえの留学先に近い場所が、たまたまそこしか空きがなかっただけだ」

「たまたまって……でもこの五〇二号室って、貴之の隣だよ」

「知らんといっとるだろうが。なにを勘違いしとる。そこは三代が、ニューヨークに行ったときに使う部屋だ」

祖父の声はますます上擦った。

「どうせおまえは大学の寮とやらに入るんだろう。三代が訪ねていっても、寝る場所もないだろうが」

「……じーちゃん……」

「アメリカのホテルはどうも好きになれんからな。わしではないぞ、いいな、三代がだ」

意地っ張りで頑固な祖父の、それが精一杯の譲歩だと、柾にはわかった。

柾は笑おうとしたが、唇が震えてしまって、失敗した。その足もとをクロがしなやかな尻尾を立ててすり抜け、祖父の膝に飛び上がった。

「茶が冷めた。誰かに代わりを持ってこさせてくれ」

「……うん。わかった。――じーちゃん」

ありがとう。

柾は自分の部屋に戻り、すぐに内線電話で厨房《ちゅうぼう》を呼び出して、祖父の頼みを伝えた。それから、洟《はな》をかみ、涙を拭って、もう一度受話器を取り上げる。

九時過ぎ。向こうはまだ早朝だ。でも彼はとっくに起きて、市場チェックを済ませ、テレビのニュースを観ながらネクタイを結んでいる頃だろう。柾は深呼吸して、登録してある電話番号を押した。

なにから伝えようか。まずは、おはようだ。それから――それから――

聞き慣れた、少し渋みのある声が電話に出る。

柾は天井を向いて、もう一度深呼吸した。朗報を笑顔で恋人に伝えるために。

「――もしもし？　貴之？」

アイジン

「とにかく、今週末のパーティにだけは、なんとしても出席していただきます。創立記念の式典に主催者側がトップを欠いては、格好がつきません」

寝室のベッドから浴室に向かって点々と脱ぎ捨てられたパジャマを、脱衣籠《かご》の中に拾い集めながら、及川《おいかわ》は水音の立つドアに向かって厳しい口調で通告する。

噴水と四阿《あずまや》を望む大きなアーチ型の窓から、初春の柔らかな陽差《ひざ》しが、クリーム色の床にキラキラとこぼれている。

「十四時半にテーラーが参ります。その前に昼食をすませて、タキシードのデザインを選んでください。よろしいですね？　もうこの間のように仮病ではごまかされませんからね。

――聞いているんですか？」

「うーん……」

分厚いバスルームのドア越しに、唸《うな》るような声が返ってくる。主人の気のない返事に、及川は溜息《ためいき》をついた。

「まったく。夏休み明けの子供じゃあるまいし、お腹《なか》が痛いとか頭が痛いとか、いい歳《とし》してみっともないとは思わないんですか？　あなたの駄々に振り回される周囲の身にもなってください。いい加減、四方堂《しほうどう》家当主としての自覚を持っていただかないと」

「……うーん……」

「そろそろ上がってください。まだ時差ボケしてるんですから。長湯するとのぼせますよ。あ、それから先ほど連絡が入って、貴之《たかゆき》さまのご到着は二十一時頃になるそうです。お出迎えは必要ないとのご伝言ですが、いかがなさいますか？……御前《ごぜん》？」

湯上がりの飲み物を支度し、コンコン、と控えめにノックするが、応答がない。うーん…と鈍い声が返ってくるだけだ。

及川は眉《まゆ》をひそめ、ドアに耳を押しつけた。

「御前？　どうなさいました？　御前⁉　お返事を——失礼！」

一撃でドアを蹴破《けやぶ》る。

広々とした大理石の浴室は、真っ白な湯気がもうもうと立ちこめていた。

しかし、そこに人の気配はなく、シャワーブースの磨《す》りガラスの向こうで、出しっぱなしのシャワーが激しい水音を立てるばかりだ。美しい毛並みの老猫クロが、籐椅子《とういす》に畳んだバスローブの上で、真っ黒な長いしっぽをゆらゆらと揺らしている。

「うーん……うーん……」と主人の声で唸っているのは、ドアノブの内側にぶら下がったボイスレコーダー……！

及川はバッと窓に飛びついた。タオルとシーツを裂いて作った頑丈な布梯子《ぬのばしご》が、階下のバルコニーまで垂れている。

広い前庭は何事もなかったかのように穏やかだった。晴れやかな空、のどかな鳥の囀《さえず》り。冬枯れた芝の上で、放し飼いにされている五匹のドーベルマンが、餌《えさ》の時間でもないのに群がってガツガツとなにか食べている。

「やられた…………！」

左肘《ひだりひじ》で非常ボタンのカバーを打ち砕く。屋敷中にサイレンが響いた。通路で待機していたガードマンたちが飛び込んでくる。

「御前が逃亡した。まだ遠くへは行っていないはずだ。ただちに屋敷のすべての出入り口を封鎖、捜索に当たれ！」

「は！」

「……こしゃくな真似をッ……」

ボイスレコーダーを大理石の床に叩きつけ、靴の踵《かかと》で踏みにじる。

「千住《せんじゅ》さま！　配達に来たクリーニング業者が、十五分ほど前、馬に乗った怪しげな人物とすれ違ったそうです」

ガードマンが警備室からの報告を伝えた。

「馬？」

「はい。そういえば、昨夜から厩舎《きゅうしゃ》に馬が一頭戻っていません」

及川はカッと男を睨《にら》みつけた。額の血管がぐっと膨らむ。特殊訓練を受けた屈強な男が、その夜叉《やしゃ》のような形相に縮み上がった。

「なぜ報告しなかった？」

「も、申しわけありません。たいした問題ではないと判断し……」

「捜索の範囲を池の周辺——いや、半径十キロまで広げろ。最寄りの駅、バス、港、考えうるすべての交通機関に緊急配備。電話を県警本部に繋《つな》げ。応援要請を出す。——ぐずぐずするな、急げ！」

一喝で男たちが散る。及川はギリギリと奥歯を擦《す》り合わせ、四方堂の広大な領地を窓からぐるっと一望した。

「まったくッ……毎度毎度よけいな手間ばっかりかけさせやがって……少しはおとなしくしていられないのか、あの方はっ」

貴之さまのご到着まで、あと八時間。それまでに、なにがなんでも連れ戻さねば——

1

そいつは、塾帰りに寄ったファストフードの窓際に、小さなテーブルを抱えるようにして眠っていた。

薄汚れたスタジャン、裾《すそ》のほつれたジーンズ、踵が潰《つぶ》れたスニーカー。どこかで拾ってきたような赤い野球帽を目深《まぶか》に被《かぶ》っている。臭《にお》ってきそうな身なりといい、足もとに置いた大きな紙袋の荷物といい、そこの公園に棲《す》みついてるホームレスそっくりだ。

悟士《さとし》たちが食べている間、ずっと微動だにせず、隣で死んだように眠っていた。店員も薄気味悪そうに遠巻きにしている。

手を下に敷いて反対側を向いているので、顔は見えない。結構若そうだけれど、どうせリストラされた会社員かなにかだな、と悟士は思った。この間もドロップアウトした元サラリーマンが、駅の地下道で凍死したばかりだ。

「なあなあ」

はじめにそれを指摘したのは川島《かわしま》だった。悟士たちのグループで一番体格のいいやつだ。小学生から柔道をやっていて、中学二年生なのにもう黒帯を持っている。

「見ろ見ろアレ。ポケット」

悟士たち三人はハンバーガーを齧《かじ》りながら、川島が指さした隣のホームレスを見た。ジーンズの尻ポケットから、ペラペラした黒い財布が、落っこちそうなほど飛び出している。

「でも金入ってなさそーじゃん？」

柴田《しばた》がポテトを口に押し込みながら、ヒソヒソと云《い》う。顔中のニキビを気にしているくせに、ドーナツとかポテトとか、いつも脂《あぶら》っこいものばっかり食っている。だから女子に「顔面クレーター」なんて仇名《あだな》をつけられるんだ。

「どーせ入ってたって千円とか二千円だよ。なんも買えねーじゃん。それよかゲーセン行かねえ？」

「行く行く」

「え～……でもぉ、早く帰んないと、うち、親うるさいし」

田辺《たなべ》が、油でべたべたの手で眼鏡をずり上げながら、ぼそぼそと呟《つぶや》く。こいつはなにかっていうと「親が、親が」だ。でもぶつぶつ云うわりには結局最後までついてくる。

「じゃあいいよ来なくて。帰れば？」

「えっ。……う、うん……でも……みんなが行くんなら行こうかなあ……」

ほら、まただ。主体性のないやつ。悟士は少し苛立《いらだ》つ。

「赤坂《あかさか》は？」

「行くよな？」

「……んー？」

悟士を見る皆の目が、期待にキラキラしている。当然だ。悟士が首を縦にすれば、スポンサーがついたも同然。五万でも十万でも遊びたい放題なんだから。

悟士は勿体《もったい》ぶった仕種《しぐさ》で、わざわざ見せつけるように、ゴールドのファミリーカードが並んだ財布を取り出した。もちろん札入れには万札がぎっしりだ。

「いいぜ。つき合っても」

わっと歓声。

「やりィ」

「駅地下のゲーセン、伊勢《いせ》エビのクレーンゲーム入ってたぜ」

「あっそれ生きてるヤツだろ。やりたかったんだ。おい、早く食っちゃえよ」

「……なあ、田辺」

置いていかれまいと、ハンバーガーの残りを口に押し込んでいた田辺は、口の周りにソースをべったりつけてキョトンと顔を上げた。

「おまえがこないだ云ってたさぁ、ＮＢＡの……なんだっけ？」

「ニューヨーク・スティンガー？」

「それそれ。来週日本に来るんだろ？　チケット手に入れてやろっか」

「まっ……ま、まじ？」

田辺の顔が興奮でみるみる真っ赤になる。ニューヨーク・スティンガーは、日本人NBAプレイヤーとして活躍中の、西崎亘《にしざきわたる》が所属するチームだ。

田辺は西崎の大ファンで、西崎は今期MVPが期待されているすごい選手だとか、イチローや中田《なかた》と肩を並べる日本の代表だとか、その話になると止まらない。バスケに興味もなければ西崎亘の顔も知らない悟士が、新人王を獲った年の戦績まで覚えてしまったくらいだ。

ところが、そんなに楽しみにしていた日本特別公式戦のチケット取りに惨敗してしまい、田辺はものすごく落ち込んでいた。

「マジに決まってんだろ。おれを誰だと思ってんだよ」

「すっげー。あれプレミアついてんだろ？　テレビでやってたよ」

「まーな。控室だって入れてもらえるぜ。あの試合、うちの会社がスポンサーだもん」

「さっすがー」

「ほ……ほんとに、チケット取ってくれるの？」

うわずった声。悟士はコーラをズッと啜《すす》って、意地悪くニヤニヤした。

「うん。いいぜ。――ただし、アレ、盗《と》れたらな」

悟士の、声をひそめたその一言に、全員の目が一斉に隣の男に向いた。――ジーンズの尻ポケット。財布はいまにも落っこちそうだ。

「えー……でも、やっべえよ。もし目ェ覚ましたら……」

同じく声をひそめる柴田の目も、口とは裏腹に、期待でキラキラしている。

「へーきだって。爆睡してんじゃん」

「でもさー」

「盗れる盗れる。やっちゃえよ。」

「シッ。……田辺。どーする？　やめる？」

「………」

田辺は思い詰めた顔つきで、男の財布を凝視した。

ピクピクと指を痙攣《けいれん》させながら、男の尻におずおずと手を伸ばす。田辺の手がそーっと黒い財布の端を摑むと、悟士たちは顔を見合わせて無言の歓声をあげた。

男を起こしてしまわないように、田辺は、ゆっくりゆっくり、財布をポケットから引っぱり上げた。五ミリ、一センチ、二センチ……男は熟睡していて、ぴくりとも動かない。いけいけっ、と柴田が拳《こぶし》を作って鼓舞する。

息を殺して見守っていた悟士たちは、本当に歓声をあげそうになった。ポケットからするっ……と財布が抜けたのだ。

しかし、田辺が得意げに鼻の穴を大きく膨らませたのは、ほんの一瞬のことだった。

財布をすった右手の手首を、俯《うつぶ》せたままの男の手が、がっしりと摑んだのだ。

「わーっ！」

パニックになった田辺は、摑まれた腕をぶんぶん振り回した。川島が真っ先に鞄《かばん》を引っつかみ、仲間を押し退《の》けるようにして出口にダッシュする。悟士もコートと鞄を抱えて店を飛び出した。柴田もあたふた追いかけてくる。

「ま、待って！　待ってよお！」

捕まった田辺が悲痛な声で助けを求めたが、誰も振り向かなかった。何度も転びそうになりながら、三人は全速力で公園まで走った。

広場まで来ると、誰ともなしに後ろを振り返った。田辺も男も追いかけてくる様子はない。

「た……田辺、だいじょうぶかな」

柴田がゼエゼエ息を切らして、しきりに後ろを気にする。川島はしゃがみこんでしまった。

「そっ、それよか、自転車置きっぱなしだよ。やっべーよ……あれ、調べれば持ち主わかっちゃうんだろ？」

「も、戻る？」

「バカ！　いま行ったら捕まるだろ」

悟士は毅然《きぜん》として二人を叱咤《しった》した。本当は膝《ひざ》がガクガク震えていたが、そんなみっともないところ、こいつらに見せられない。

気を落ち着かせるために、ペンギンの蛇口に口をつけてゴクゴクと水を飲む。濡《ぬ》れた口もとを制服の袖《そで》で拭《ぬぐ》いながら、二人に命じた。

「いいか、店には絶対戻るなよ。自転車を取りに行くのは朝になってからだ。もし警察になんか云われたら、黙秘しろ。おれが手を回してやる」

「でっでも、手ぇ回すったって……」

「あっ、そっか！　赤坂のおじさん、警察庁のキャリアだって云ってたよな」

悟士が頷《うなず》くと、川島と柴田の顔がパーッと輝いた。

「じゃ、じゃ、これくらい揉《も》み消してくれるよな」

「よかったー……！　マジあせったー。ガッコにバレたら、マジでシャレになんねーもん」

「今日はここで別れようぜ」

悟士は引っつかんできたコートを羽織った。三月中旬とはいえ、夜風は切れるように冷たい。汗が引きはじめると、今度は寒さで全身が震えてきた。

「でも田辺は？」

「だいじょぶじゃん？　なんかあったら赤坂のおじさんがいるじゃん」

「そっか。そーだよな。じゃあおれも帰ろ」

「じゃーなー」

各々、三方に散った。悟士は大通りでタクシーを拾った。貧乏人じゃあるまいし、こんな寒い日に二十分もかけて歩けない。仲間の前ではこんなこと云えないけれど。やつらはすぐ僻《ひが》むから。けど奢《おご》ってやるとすぐ手の平を返すんだ。意地汚いやつら。

家の窓は真っ暗だった。暗い家に帰るのが嫌だから、いつも玄関とリビングルームの明かりをつけっぱなしにしているのに、気のきかない家政婦がまた消して帰ってしまったようだ。

ぶつぶつ文句を云いながら、真っ暗な玄関で、手探りでスイッチを探していると、出し抜けに、ポケットの携帯電話が甲高いメロディを奏でた。悟士はビクッと飛び上がった。

『もしもし、悟士？』

母親の声に、一気に脱力する。悟士はコートの上から心臓を撫《な》でながら、大きく息をついた。

「ママ？　なに？」

『なにじゃないでしょ。何度メールしても無視して。いまどこにいるの。そっちはもう夜中でしょう。プラプラしてないでうちに帰りなさい』

「塾の帰りに田辺たちとハンバーガー食べてたんだよ。もう家にいるよ」

『ああ……今日は塾の日か。ちゃんと勉強してるの？　そういえば模試の結果が出てるんじゃない？　どうだった』

「二番上がったよ」

『二番？　たったの二番？』

甲高い声。思わず耳から携帯を離す。

『ちゃんと勉強してるの？　なんのために高いお金払って塾に通ってるのよ。このままじゃ東斗《とうと》は危ないって先生に云われたでしょ。わかってるの？　もう……いいわ、とにかく、帰ったらゆっくり話しましょう。予定通り明後日《あさって》には帰るから。ママがいないからって勉強サボるんじゃないわよ』

早口にまくし立てた母親は、かけてきたときと同じように一方的に電話を切った。悟士は不通音をくり返す携帯を廊下に投げつけた。

「……うっせーんだよ。なにが帰ったらだ。クソババア」

鞄を蹴飛ばし、手探りで電気のスイッチを入れる。高い吹き抜けの玄関ホールから、階段、左手にある三十帖の広いリビングルームまでが、淡いオレンジ色の照明にぱあっと照らされた。

悟士はコートを脱ぎながらリビングのテレビをつけて、キッチンの冷蔵庫からコーラを取ってきた。月に照らされた中庭の桜が、強い風に揺れていた。

女性用下着の通販会社を経営する母親と悟士が、高級住宅街の一角にある邸宅に越してきたのは、いまから五年前のことだ。

白い庵治石《あじいし》の塀に囲まれた、粋を凝らした洋風数寄屋造《すきやづく》り。母親は、大きな染井吉野《そめいよしの》のある中庭を一目で気に入り、その場で手付けを打ってしまって、悟士はそのせいで小学校三年の五月という半端な時期に小学校を転校させられることになった。

立派な和室に客間、総檜《そうひのき》の風呂、茶室に書斎、外車が三台停まるガレージ……母子の二人暮らしには広すぎる家だ。当時はまだ、母親の会社はいまほど大きくなく、かなり無理をした買い物だった。

この家のためにもバリバリ働かなきゃね。――張り切っていた母親は、数年で本当に驚異的に業績を伸ばし、家のローンもほとんど払い終えてしまったけれど、忙しすぎてこの家の桜で花見をしたことはまだ一度もない。

特にこの半年は、海外を飛び回っていて、めったに顔も合わせていなかった。電話をかけてきたって、いつも云いたいことを一方的にまくし立てるだけで、悟士の話なんかちっとも聞こうとしない。

父親が死んだばかりの頃、狭いアパートで、保険の外交とスナックのパートをして暮らしていた頃のほうが、ずっと触れ合いがあった。少なくとも、海外出張に愛人を伴ったり、送り迎えさせたりなんかしなかった。

テレビをつけると、ニュース番組が窃盗犯グループ検挙を報じていた。悟士はギクッとした。テーブルにねじ伏せられていた田辺の姿が頭をよぎる。

携帯電話で田辺の番号を出す。けれど迷った挙句、かけるのをやめてしまった。明日学校で謝ればいい。それに悪いのはおれだけじゃない。のせられた田辺だって悪いんだ。けしかけた川島たちだって。

チクチクする胸の痛みを、悟士はそう自分に言い聞かせることで隅に追いやった。そして深夜のバラエティ番組を観ているうちに、そのまま朝まで眠ってしまった。

翌日の早朝、例のファストフードにそっと様子を窺《うかが》いに行くと、自転車は三台揃《そろ》って入口の前にちゃんと停まっていた。

警察からも学校からも呼び出しはこなかったし、田辺はうまく逃げられたんだろう。悟士はホッと胸を撫で下ろした。

悟士の通う区立中学まで、自転車で二十分かかる。近隣で公立に通っているのは彼一人だ。隣家の兄妹も幼稚園から私立。妹のほうなんか、高級外車で送り迎えだ。

悟士は母親のポリシーで、小学校から公立に進学させられた。エスカレーター式で楽をするのはためにならない、と勝手に手続きしてしまったのだ。

塾にも行かずにちゃらちゃら遊んでいる私立のやつらはムカつくし、正直云ってものすごく羨《うらや》ましいけれど、母親に逆らう意気地もなかった。女手ひとつで苦労して会社を興した、男勝りの母親。どうせなにを云ったってかないっこない。

田辺は遅刻ぎりぎりで登校してきた。

「たーなべ、おっす」

「昨日、ごめんな」

「だいじょぶだったか？」

声をかけた三人を、ふて腐れたようにジロッと見上げ、無言で教科書を広げる。三人はムッとして顔を見合わせた。

「ムッカつくよな、田辺のやつ」

一番怒っていたのは川島だ。隣の席なのに、午前中一杯、田辺に無視され続けたからだ。

「数学の時間、消しゴム貸してっつったらシカトされた。なんだよアイツ」

だよな、と柴田と悟士も同調した。

「おれもさっき廊下でシカトされた」

「マジムカつく。おれたちだけが悪いみたいじゃん」

「だよな。やったのはあいつなのに」

「トロくさいから捕まるんだよ」

「そーだよ」

「こっちもシカトしようぜ」

「うん、いまから田辺、シカトな」

うん、と悟士も頷いた。そこへ、購買から田辺が戻ってきた。

昼飯はいつもこのメンバーで食べている。田辺は、悟士の席に固まっていた三人に、ちょっとバツが悪そうに近づいてきた。

「あ……あのさ」

「あっちで食べようぜ」

川島が田辺を遮るように立ち上がった。柴田と悟士も、食べかけのパンを手にしてその後に続く。田辺は茫然《ぼうぜん》と三人の背中を見つめていた。

五時間めが終わると、田辺は悟士の席にすっとんできた。昨夜の深夜バラエティのことで盛り上がる悟士たちの会話になんとか加わろうと懸命に話を振ってくるが、誰一人、相槌《あいづち》を打たなかった。

放課後、悟士の奢りでゲーセンで遊んだ時も、駅前で別れる時も、まるで田辺なんかそこにいないみたいに。最後には真っ赤になってバイバイと怒鳴っていたのがおかしくてたまらず、悟士たちは顔を見合わせて大笑いした。

陽が暮れてから家に帰ると、門の前に誰かが立っていた。背の高い、若い男だ。

坂の途中でそれに気がついた悟士は、眉をひそめ、自転車を降りた。うちに訪ねてくる若い男にろくなのはいないのだ。

男も、悟士に気がついて振り返った。

黒いダウンコート。歳は二十代後半くらいで、陽に焼けた精悍《せいかん》な顔立ちをしている。そしてとにかく背が高い。一六〇センチしかない悟士は、目線を合わせるだけで首が攣《つ》りそうになった。

「……うちになんか用ですか」

警戒心もあらわに、ぶっきらぼうに尋ねると、ポケットに両手を突っ込んで門を塞《ふさ》ぐように立っていた男は、一瞬怪訝《けげん》そうな表情を浮かべた。

「……ここ、君の家か?」

「そーだけど」

男は悟士の顔と表札を見比べた。そして無言のまま、くるっと踵《きびす》を返すと、スタスタと坂を下りていってしまった。

——なんだ、アイツ……。

ムカムカしながらリモコンで門扉を開けた。更にムカつくことに、家政婦はまた玄関の電気を消して帰ってしまっている。しかも、用意されていた夕飯が大嫌いな魚の煮付け。こんなの臭いをかぐのも嫌だ。皿ごとゴミ箱に突っ込んでやった。

大っ嫌いだ、あの家政婦。何度云ってもピーマンとシイタケを野菜炒《いた》めに入れるし、掃除中にDVDデッキいじって予約消しちゃうし。さっさとクビになっちゃえばいいのに。

冷蔵庫にも買い置きのレトルトにもろくなものがない。コートを羽織って、一番近いコンビニまで自転車を漕いだ。

住宅街と国道に挟まれたコンビニは、帰宅途中の会社員や学生で混雑していた。悟士は漫画雑誌を立ち読みしてから店内を回った。オレンジジュース、ポテトチップス、チョコレート。カップ麺《めん》。目についたものをぽいぽいカゴに放り込んでいく。

レジをチラッと見ると、店員はおでんを買う客に応対していた。もう一人は客の陰。悟士は弁当をカゴに入れると、右手に持ったおにぎりをさりげなくコートのポケットに突っ込んだ。

レジをすませ、何食わぬ顔で店を一歩出た、その瞬間。

悟士は息が詰まってうッと呻《うめ》いた。後ろから、いきなり誰かの腕が首に巻きつくや、すごい力で締め上げげたのだ。

——バレた⁉

背中にどっと冷たい汗が噴き出した。パニクって遮二無二もがく悟士を、その腕はびくともせずに、ズルズルと店内に引きずり戻す。

「いらっしゃいませ」

「キャメル」

と、悟士の頭上で、男が云った。ヘッドロックをかけたまま悟士のコートの右ポケットに手を突っ込むと、鮭《さけ》おにぎりを摑み出してレジに出す。

「これも」

「四百四十六円になります」

「出せ」

「えっ？」

悟士は上を向いた。ヘッドロック男の、高い鼻と鼻の穴と、色の濃いサングラス、赤い野球帽の鍔《つば》が目に飛び込んできた。

「早く出せよ」

「えっ、あ、あの」

「四百、四十、六円」

早く、と尊大に急《せ》かされ、慌てて財布から五百円払う。

男はぶるぶる震えている悟士の手に釣りを握らせると、ヘッドロックをかけたまま空いた手にビニール袋を提げ、再び悟士を引きずって店を出た。

「は……は、はな、はなせよっ！」

奇妙な二人を、通行人が怪訝そうにじろじろ見ていく。男はもがく悟士を楽々と三〇〇メートルも引きずって、突然立ち止まった。

「いくら持ってる」

「え？」

「所持金。財布にいくら入ってる」

悟士はゴクッと唾《つば》を飲み込んだ。

「……二万……」

「二万？」

「さっ三万！　三万五千円！」

「よーし」

男はさらにグッと腕の力をこめた。

「来い」


「特製もやし味噌《みそ》固太麺チャーシュー増量、ギョーザ二人前にチャーハン……あ、おっちゃん、それとビールもな！」

「あいよっ、ビールお待ち！」

捩《ねじ》り鉢巻きの名物オヤジが、サッポロの中瓶《ちゅうびん》を、濡れた手で朱塗りのカウンターにドンと置く。待ってましたとばかり、それを小さなコップに注《つ》いで、うまそうにごくごく喉《のど》を鳴

らして飲み干すと、

「いつもあんなことやってんのか」

ふーっと満足そうな息をついて、男は、隣で居心地悪く背を丸めている悟士に、べつだん咎《とが》める風でもなくそう尋ねてきた。

うなぎの寝床の古びたプレハブに、塗料の剝《は》げたカウンターと木の椅子が八つ。声のでかいオヤジと弟子の二人で切り回している小さなラーメン屋。ここの特製もやし味噌はわざわざ遠方から食べに来る客もいるほどだが、マスコミの取材を受けつけず、閑静な住宅街の中で看板も出さずにひっそりとやっていて、幻の名店と呼ばれている。家から徒歩五分、悟士もしょっちゅう食べに来る。

迷わずここに入ったってことは、ホームレスじゃなくて、近所に住んでるんだろうかそれにしたって胡散臭《うさんくさ》い男だ。店の中だっていうのに、サングラスも帽子も外そうとしない。芸能人じゃあるまいし。

薄汚いスタジャンにジーンズ。身長は一八〇センチくらい。細身だけどひょろひょろはしていない。短い黒髪。声は若いが、色の濃いレンズのせいで、いまいち年齢がわからない。

——いや、はっきりと云えば、万引き現場を押さえられた相手の顔を正面から見据えるだけの度胸が、悟士にないだけだった。

「ちゃんと払えよ、おにぎり代くらい。金持ってんじゃねえか」

「……るっせーな」

悟士はコートのポケットに両手を突っ込んだまま、ぶすっと横を向いた。

「説教すんな。ケーサツでもなんでも呼びたきゃ呼べよ。行ってやるよ。でもな、云っとくけどな、おれのおじさんは警察庁のキャリアなんだからな。キャリア」

ビールを口に運ぶ手がピタッと止まる。けっ。ビビッてるビビッてる。悟士はフンッと狸《たぬき》のように鼻の穴を膨らませた。

と、男はくるっとカウンターに顔を向けた。

「おっちゃん。ビールもう一本」

「無視すんな！」

「聞いてるって」

「ほんとだぞ。嘘だと思ってんだろ。なら電話してみろよ！　ほら！」

悟士はムキになって、自分の携帯電話を突きつけた。

「思ってないよ。おじさんが警察庁のキャリアなんだろ？」

「そーだよっ」

「そーか。よかったな」

「う……う、うん……」

「へい、ギョーザと特製もやし味噌、お待ちっ」

カウンターに、ギョーザとラーメンがドンッと置かれた。プンと香ばしい味噌と胡麻油《ごまあぶら》とニンニクの臭い。ぐーッ、とすきっ腹が鳴って、隣のきれいなＯＬが目を丸くして悟士を見た。しかも、くすっと笑った。悟士は耳を真っ赤にした。

「まあ食えって。のびちゃうぜ」

男がきれいな白い前歯で、割り箸《ばし》をパチンと割る。麺をずるずる啜り込んだ。

「……んーっ！　んまいっ。おっちゃん、また腕上げたね」

「あァ？　なにナマ云ってんだボウズ」

カウンターの中からオヤジが、麺の湯をざっざっと手際よく切りながら、鼓膜がどうにかなりそうなダミ声を張り上げる。男は苦笑した。

「ボウズはねーだろ。おれ、もうじき三十だぜ？」

「いくつになろーがおれにとっちゃボウズなんだよ。どした、ここんとこご無沙汰《ぶさた》だったじゃねえか。いまどうしてんだ。また外国行ってんのか」

「ん、まあ相変わらずフラフラしてるよ。おっちゃんも元気そうだね。そういや、孫ができたんだろ？　女の子だって？」

「そーうなんだよ。これがよう、おれに似てかわいいのかわいくねーのってもう」

「いらっしゃいまっせー！　おやっさん、特味噌三丁、チャーシュー抜き！」

「あいよっ。ま、ゆっくりしてけや。ビールはおれの奢りだからよ」

「サンキュ」

男はニコッとして、コップを持ち上げてみせた。

「……知り合いかよ」

なんでこんなやつと並んでラーメン啜らなきゃならないんだ。ムカつきつつも、腹の虫がグーグー催促している。

悟士は半ばやけくそ気味に割り箸を手にした。この割り箸ってやつも頭にくる。いっぺんでちゃんと割れた例《ためし》がない。案の定ベキンと変な音がして、斜めに裂けてしまった。

「ガキの頃、ここで皿洗いのバイトしてたんだ。おまえくらいの歳だったな」

男は自分の箸を置くと、陽焼けした、でもスッと伸びたきれいな手を伸ばして新しいのをひょいと取り、パチンと真ん中できれいに割って、ホラと悟士に差し出した。

悟士はムッと口を突き出してそれを奪い取り、口一杯ラーメンをかき込んだ。熱くて慌てて水で流し込むのを見て、男はちょっと笑ったみたいだった。

肘をついてビールを注ぐ。

「うまいだろ。ここの味噌ラーメンは絶品なんだ」

「知ってるよそんなこと。常連だもん」

「あそ。……ま、今回は見逃してやるけど、悪いイタズラは大概にしとけよ。鮭おにぎり一個で泥がついたらつまんねーぞ」

「イタズラじゃねーよ。スリル」

「あ？」

「スリルあるじゃん」

男はきょとんとしたように悟士を見、はあ……と首を捻《ひね》った。

「あんなのがスリル？　ならビルの窓掃除でもやりゃいいのに。金も入って一石二鳥だぜ」

「べつに欲しくねーよ。はした金なんか」

「へー……最近のガキは無欲だね。おれがおまえくらいの歳には、バイトのことしか頭になかったけど」

「ばーか。おまえらみたいな貧乏人と一緒にすんな。おれの小遣い、月に二十万だぜ？　バイトなんかバカバカしくってやってられっかよ」

フンッと鼻を鳴らす。そりゃどーも、と男は首をすくめた。

「そんなに金が余ってんなら、パパにコンビニ買ってもらえよ。いっそ家の中に造るとか。あの家なら、地下の駐車場なんかそれっぽいぜ」

「ばっかじゃねーの。自分ちから万引きしてなにがおもしれーんだよ。それにうち、オヤジいねーもん」

「ああ……そうだったな。だったらよけいダメだろ。たった一人のママを泣かすなよ」

「るっせーなぁ。えらそーに……って。なんでうちのこと知ってんだ⁉」

「田辺くんから聞いたから」

男はしれっと云った。

「区立海奏《かいそう》中学二年A組、出席番号一番、赤坂悟士くん。友達に云っとけ。財布スるときは、相手をよく見ろってな」

「さい……？」

声がひっくり返った。

このスタジャン――赤い野球帽、ボロいジーンズ――

「ちょい待ち」

泡を食って逃げ出そうとした悟士の襟首《えりくび》を、ギョーザをぱくぱく食いながら片手でむんずと摑み、男はその体格に似合わないバカ力で椅子の上に引っぱり戻した。

「作ってもらったもの残すんじゃない。バチが当たるぞ。ちゃんと食ってけ」

「………」

「バスケのチケット賭《か》けてたって？　西崎の出る試合じゃプラチナチケットだからな、気持ちはわからないでもないけど、犯罪はやめとけよ、犯罪は」

襟首を押さえつけられたまま、悟士は必死で考えを巡らせた。心臓がどっどっと早鐘を打つ。

落ち着け……落ち着くんだ。

ゴクンと生唾を呑《の》み込む。

「いっ……いくらだよ」

「あ？」

「金が目当てなんだろっ。云えよ。いくらだよ」

「三千七百八十円」

「さんぜんななひゃく……はちじゅう、円？」

……万円、じゃなく？

「特味噌二丁にギョーザ二人前、チャーハンひとつで三千七百八十円。おれ金持ってないんだよね。あ、おまえらがスッた財布な、あれ空」

ずずっとスープを啜る。

「んーっ……んまいっ。ああ生き返る。やっぱここのラーメンは世界一だな」

ずるずるっと麺を啜り、チャーハンを一口食べ、ズズッとスープを一口飲んでは、んめー、と恍惚《こうこつ》の溜息をつく。

な……

……なんだ、こいつ……。なんなんだ……。

「どうした、ほら。のびるぞ」

コクコクと頷いて、悟士は必死に箸を動かした。もちろん味なんかちっともわかりはしない。

なんだよ。金目当てじゃなくてなんだっていうんだよ。それとも、そうやって安心させといて、チビチビ毟《むし》り取ってくつもりなのか？　毎日ラーメン奢れとか……金額がだんだん吊《つ》り上がってくとか……。

――どうしよう……。

ゴクン、とメンマを丸飲みする。

だ、だい、だい、だいじょうぶだ。ビビることねえよ。財布スったのは田辺じゃんか。おれはなんにもしてねーもん。知るもんか。いざとなったらおじさんに頼めばいいんだ。ママだって、前に交通違反の記録を揉み消してもらってた。

「……おい」

コトン……と、男が、スープを飲み干した器を、静かにカウンターに置いた。

悟士の背筋が新兵のようにピンッとそっくり返る。

「はははははいッ」

「しッ。……食い終わったら、そっと器の下に金を置け」

「え？」

「早くしろ。――いいか、そしたら荷物を持って、おれの合図で全速力で走れ」

耳打ちされ、その声の凄《すご》みに、悟士はわけもわからずコクコク頷き、云われるまま代金を器の下に挟んだ。

ところが、店を出るどころか当の男はカウンターに頬杖《ほおづえ》をついて、呑気《のんき》にビールを呷《あお》っている。器は全部とっくに空になっているのに。

……いまなら逃げられるかも。

そお〜っと出入り口を窺う。

客が二人、席が空くのを待っていた。両方ともビジネスマン風のスーツ姿で、食べ終わってもなかなか立ち上がろうとしない悟士たちが気になるのか、しきりにこちらを見てヒソヒソやっている。

と、悟士たちの右側にいた客が、代金をテーブルに置いて席を立った。

悟士はビールを味わっている男の顔をちらちらと窺いながら、そおーっと、荷物を膝に手繰《たぐ》り寄せた。戸が開いた瞬間がチャンスだ。

「まいど！　ありがとやしたーッ」

――いまだ！

その瞬間。

「よしッ、走れ！」

悟士の服の背中をがしっと摑むなり、男は、スーツの二人組を突き飛ばし、脱兎《だっと》の如《ごと》く店を飛び出した。二人組はもんどり打って、折り重なって隅に積み上がっていたビールケースに突っ込み、客の悲鳴がきゃーっとあがる。

「おっちゃん、ゴメン！　ごっそーさんっ！」

「おう、また来いよボウズ！」

もう目茶苦茶だった。走る走る走る。閑静な夜の住宅街を全力疾走。郵便局の曲がり角で力尽き、悟士はぜえぜえと赤いポストに抱きついた。

準備運動もない食後の一〇〇〇メートル走。食べた麺が口から出そうだ。

「も、だ、だめ、死ぬ、口から出る」

「だっらしねーなあ。若いのに。運動不足なんだよ」

「うるせ……わっ！」

雑木の陰に引きずり込まれる。口を塞がれ、もがもが暴れる悟士。

——と、複数の足音が、バタバタと近づいてきて、すぐそこで止まった。

悟士を押さえ込む腕の力がぐっと強くなる。触れ合った皮膚から伝わってくる、そのただならぬ緊迫感に、悟士も全身を硬張《こわば》らせた。

「いたか」

「だめだ。応援を呼ぼう」

「よし、虱《しらみ》潰しに捜せ。そう遠くへは行っていないはずだ。いいな、草の根分けても捜し出せ。手ぶらでは帰れんぞ」

月明かり。首を伸ばして灌木《かんぼく》の枝の陰からそーっと目を出すと、男が二人、ぼそぼそと密談している。悟士は暗がりに目を凝らした。

あいつら――ラーメン屋で突き飛ばした二人組だ。

だがすぐに、やつらは二手に分かれて走り去った。

口を塞いでいた手が緩む。悟士は男を見遣《みや》った。

「お、おまえ、追われてんのか？」

「まあな」

「あいつらなに？　なんで追われてんだ？」

「ヤクザ」

「ヤ……ヤクザ⁉　あいつらヤクザ⁉　マジ⁉」

「しッ。でかい声出すな。――ちょっと組でドジッちまってさ。捕まったら、指詰めさせられる」

「なんで？　なにやったんだ？　シノギごまかしたとか？　アニキの命令無視して抗争相手の事務所にツッコミやったとか……あっ、わかった、オヤジの女に手ェ出したんだろ！」

「おまえ、中坊のくせに任侠《にんきょう》映画の観すぎ……。だいたいこんな品のいいヤクザがいるかっての」

「じゃあなんで追っかけてくるんだよ」

「逃げてるからに決まってるだろ。逃げないやつを追っかけるか？」

「ああそっか……じゃねえよっ。だからおれが聞いてんの……は……」

言い返そうとした悟士の口は、サングラスを外し、淡い月光の下であらわにされた男の横顔に、しばしポカンと開きっぱなしになった。

すっと通った鼻筋。凛々《りり》しい二重の目。――絵に描いたような美形ってわけじゃない。髪は短く切りっぱなし。服だって安物だ。

けど、その目に宿る強い輝きが――内側から迸《ほとばし》る、野生の獣のような生命力が、そんなこと問題にもしていなかった。母親に連れていってもらったパーティで、アイドルや有名俳優をたくさん見たことがあるけれど、目の前にいる青年に比べたら、そいつらなんか、絞り尽くした酒カスだ。

「どうだ。万引きなんかより、スリルあったろ？」

ポケットから煙草を取り出し、ちょっと顎《あご》を持ち上げるようにして、唇の片端でにやっと笑う。

ピーッとビニールを剝《む》き、箱を振って、飛び出した一本を咥《くわ》える。カチ、とライターの火。オレンジ色の丸い明かりが、なめらかな頰とまつ毛を一瞬照らし、唇からうまそうに煙を吐き出す。暗闇にたなびく白い煙――まるで、映画のワンシーンみたいだ……。

「……お、おまえ……」

悟士はゴクンと唾を飲み込んだ。

「おまえ、何者なんだ？」

「……知りたい？」

くるりと、澄んだ黒目をいたずらっぽく動かして、耳にそっと口を近づけてくる。ふわっと漂った体温に、なぜか悟士の心臓は、ドキドキと打った。なんでこいつ、なんかいい匂いするんだ？　男のくせに。

「愛人」

「……アイジン？」

「黒龍会《こくりゅうかい》って知ってるか？　そう、あの有名なヤクザの。そこの組長に惚《ほ》れられて月百万で囲われてたんだけど、こーれがハゲで金歯で水虫で糖尿のデブでぶっさいくな口の臭いヒヒジジイでさ。たまんなくなって逃げ出してきたわけ」

「おっ……男!?　おまえ、ホモか!?」

「ホモって云うな。失礼なやつだな。おれの初恋はもも組のえりこ先生だぞ。——さぁて、……っと。そろそろ行こうか」

外した帽子をシュッとゴミ籠《かご》に投げ捨て、咥え煙草で立ち上がる。悟士もつられて立ち上がった。

「行くって……どこに？」

「決まってんだろ」

尻をパタパタはたきながら、事もなげにアイジンは云った。

「おまえんち」

2

翌日、悟士は学校に遅刻した。もちろん、あのおかしなアイジンのせいだ。

「泊めろって……うちに⁉　やだよ！　なんで！」

「だっておれ金ねーし。友達のとこ？　だーめだめ、とっくに手が回ってるって」

「ならホテル行けよ。金なら出してやるからっ」

「相手はヤクザだぞ。万が一素人《しろうと》さんに迷惑がかかったらどうするんだよ」

「おれだって素人だぞ！」

「あれ？　だってスリルが欲しいんだろ？」

「そっ……けど、それとこれとはっ……」

「まあまあ。袖振り合うも多生の縁っていうだろ？　布団貸せとは云わないからさ。一晩、軒の下貸してくれればいいから」

……とかなんとか云って、ちゃっかり風呂まで入って、客間に布団を敷かせて、悟士を明け方まで格闘ゲームにつき合わせて（しかもドがつく下手クソ！　弱すぎ！）、おまけにビールまで飲んだ挙句、最後の最後に勝ち逃げしてガーガー眠ってしまった。

悟士もそのまま力尽き折り重なって眠ってしまい、通いの家政婦に起こされてハッと目を醒《さ》ますと、一時間めがとっくにはじまっている時刻。

遅刻やズル休みをすると、すぐに担任から母親に連絡が行ってこっぴどく叱《しか》られる。慌てて支度をし、アイジンを起こそうと試みたが、踏んでも蹴っても布団にしがみついて離れない。しかたなく、あとのことは家政婦に任せて飛び出してきたのだった。

朝から職員室で長ったらしい説教は聞かされるし、あの男のせいでさんざんだ。

「赤坂ァ。昨日約束したゲーム持ってきてくれた？」

教室に行くと、待ち兼ねたように川島が飛んできた。

「あっ悪ィ。忘れてた」

「え～っなんだ～」

「ごめん。帰りに取りに来いよ」

「けどおまえんち遠いんだもん」

「おれ持ってるよ。テンタイのⅧだよね？　昼休みにうちから取ってこようか？」

横から田辺が口を挟む。川島はちらっと田辺を見て、また悟士に目線を戻した。

「いーや、じゃあ。明日で」

「あ……あのさ、今日の体育、視聴覚室で映画鑑賞だって。さっき職員室に行ったら……」

「今日の体育の時間、視聴覚室で映画鑑賞だぜ。コバヤシっち、風邪引いて休みなんだって」

えっ…と思った。まだ続いてるんだ。昨日のシカト。

悟士はちらっと田辺を見た。田辺の顔は土気色で、それでも無理に笑顔を浮かべようとして、頬がヒクヒク痙攣していた。悟士はぎゅうっと心臓が縮まり、思わず目を背けてしまった。

三時間めの休み時間になっても、昼休みになっても、誰もが被害を恐れて、田辺とは口をきこうとしない。

体育の時間、皆が視聴覚室に移動していく中、膝の上に両手を置いてじっと席から立とうとしない田辺を、悟士はどうすることもできず、視界から消すことでその存在を頭から追い出すことにした。——良心の痛みからも、目を背けて。

放課後、クラスの友達八人でゲーセンで遊んで、隣のCDショップに寄った。皆がその日発売のアイドルグループの新譜を欲しがったので、一枚ずつ買ってやり、ファミレスへ行った。

「いーよな、赤坂んちは。社長だもんな」

「うちの親と交換してーよ」

「なあ、来年みんなで卒業旅行行かねえ？　赤坂の奢りで」

悟士はつまらなそうに頬杖をついて、咥えたストローをぷらぷらさせた。

「いいぜ」

わーっと歓声があがる。

「どこ行く?」

「ハワイハワイ!」

机を叩いて大騒ぎだ。悟士そっちのけで話は盛り上がる。あまりの騒ぎに、店員も店内中の客も迷惑そうにこっちを見ていた。

二万円を軽く超えるファミレスの勘定も、悟士が持った。

自転車で帰宅すると、珍しく窓に明かりがついている。

あの家政婦め、やーっと覚えたのか。悟士は鼻唄まじりに半地下の駐車場に自転車を停め、玄関に上がっていった。——と。

「張った張ったァ!」

——玄関のドアを開けた途端だ。

「コイコイコイコイ! よっしゃあ、勝負ッ」

「うわっ、あーあ。やられちゃったァ」

「兄ちゃん強えなァ。まーた持っていきやがった」

「こっちは年季入ってるからね。ガキの頃からお袋にみっちり仕込まれたからな」

「そりゃ豪気なお袋さんだァ」

「おーい、酒ないよ酒ー！」

奥から豪快な笑い声。黒御影《くろみかげ》の三和土《たたき》にぞろりと並んだ見慣れぬ靴——下駄にワークブーツ、女物のパンプス。それに、この踵の潰れた汚いスニーカーは……！

悟士は急いで足から紐靴《ひもぐつ》を引っこ抜くと、ドカドカと足を踏み鳴らしてリビングルームに踏み込んだ。

「おいっ！　なにやって……げほっ」

ドアを開けた途端、思わず咳《せ》き込む。天井の高い、三十帖あまりのリビングに、火事場みたいにもうもうと紫煙が立ちこめていた。

中央のムートンの上で車座になった四人の男女——千円札を捩《ねじ》り鉢巻きに挟んで花札を配っている赤ら顔は、近所の「松鮨《まつずし》」の大将だ。

その横で、片膝立ててスパスパ煙草をふかしている派手な美女は、向かいの豪邸に住む銀《ぎん》座《ざ》のホステス。おまけに、出入りの庭木職人までいる。誰も観ていないテレビがガンガンつけっぱなしで、ビール瓶と徳利《とっくり》があちこちに倒れ、空の上鮨の器がいくつも重なり……

「よ。お帰り。遅かったな」

ビール片手に煙草をふかしながら、アイジンが悟士に「おいでおいで」する。

「腹減っただろ？　突っ立ってないでこっちで鮨食えよ。ビール飲むか？　澄江《すみえ》さーん、こいつに箸とコップ持ってきてやって」

「ハーイ、ただいまぁ」

奥から、太った家政婦が、バタバタと忙しげに熱燗《あつかん》を運んでくる。

「いよーし、もう一丁！」

「次こそは返り討《う》ち！」

「……出てけ……！」

「お手伝いさんも入りなよ。酒はもういいからさ」

「いえ、あたしはそんな……そうですか？　じゃあお言葉に甘えて……」

「出てけよっ！」

「よーし、コイコイ！」

「出てけ！　出てけったら！　聞いてんのか⁉」

「ぃよっしゃあ！　貰《もら》った！……ん？　いまなんか云ったか？」

ブチブチブチッ――と、初めて自分のこめかみの血管がぶっちぎれる音を聞いた。

とぼけた顔で自分を仰ぐ五人を、悟士は、怒りのあまりの呼吸困難で卒倒しそうになりながら、声をひっくり返して怒鳴りつけた。

「てめぇら全員、いますぐこっから出てけ――ッ！」

「マジ信っじらんねー！　人ンちに他人引きずり込んで花札なんかするかフツー!?　しかも鮨まで……なに考えてんだよっ!?」

「だから、悪かったって……そんなに怒るなよ。おれだってこれでも悩んだんだぜ。松鮨の特上か、それとも藪北《やぶきた》の天ぷら蕎麦《そば》にすべきか……」

「……………」

「あ、食う？　最後のいくら」

悟士はものも云わずに白木の桶《おけ》をアイジンの手から引ったくり、テーブルに叩きつけた。腹が立って腹が立って、腸《はらわた》が煮えくり返る。

「おいっ！　おれが帰ってくるまでに追い出しとけって云っただろ！」

「は、はいっ」

怒鳴りつけられた家政婦が、ビクッと跳び上がって、片付けていた器を取り落とした。重ねてあった箸がムートンの上に散らばる。あたふたと屈《かが》み込むカバみたいな後ろ姿。見てるだけでイライラする。

「ばーっか。役立たず！　ママに云いつけてやるからな。おまえなんかクビだっ」

「すみません。申しわけありません。すみません」

「おい。それが目上の人に向かって遣う言葉か？　云っていいことと悪いことくらい、ガキじゃあるまいし、分別つけろ」

えっらそーに……。悟士は頬を膨らませてアイジンを睨みつけた。タイミングよく電話が鳴り、家政婦が助けを得たように受話器に飛びつく。

なんだよ。客でもないくせに威張りくさって。クリーム色の革のソファにふんぞり返って、長い脚組んで、のんびり煙草なんかふかしやがって……ムカつく。サマになるのが尚更《なおさら》ムカつく。

「っせーな。おれに説教垂れられる立場かよ。てめーなんか、ヤクザの愛人じゃねーか」

「職業に貴賤《きせん》はないって学校で教わらなかったのか？　さては授業中居眠りしてたな」

「けっ。愛人がマトモな職業かよ」

「あ。愛人をばかにしたな？　大変なサービス業なんだぜ、愛人ってのは。ご主人様のため常に美貌《びぼう》を磨き、おいしい料理を作り、風呂を焚《た》き、いかにご主人様の心と体を癒していただくか、常日頃からそれだけに心を砕きだな……」

「く———っだらね。金もらってんだからそれっくらい当ったり前だろ。要するにセックス産業じゃん。誰だってできるよ」

アイジンは手で顎を支えて、悪戯《いたずら》っぽくにやっとした。

「セックス産業ね。難しい言葉知ってるじゃないか。童貞くん？」

「どっ……！　ばかにすんなっ！　おれだって！」

「あ…あの、悟士さん」

家政婦が、おずおずとコードレス電話を差し出す。

「奥様から……」

「ママから？」

ママ？　と、アイジンがきょとんとする。悟士は咳払《せきばら》いして、受話器を引ったくった。

「あ、母さん？　うん、おれ。あのさ聞いてよ、いま――」

『ごめん悟士、ママ時間ないのよ。これから急にローマに飛ばなきゃならないの』

「……明日帰ってくるんじゃないの？」

『予定がずれ込んじゃってね、四、五日帰国が延びると思うの。一人でだいじょうぶね？

澄江さんの云うことよく聞いて。ちゃんと勉強するのよ？』

「う……うん、けど――ねえ！　おれの話聞いてよっ」

『ほんとに時間ないの。また電話するから。ちゃんと勉強するのよ』

「ママ!?」

ガチャン、と耳もとで通話は切られた。

不通音をくり返す受話器を握り締め、悟士は、唇を白くなるほど噛《か》み締めた。

「悟士……どうした？」

「……」

悟士は瞬《まばた》きをこらえて、アイジンを睨みつけた。おどおどと突っ立っている家政婦に受話器を押しつけ、コートを摑む。

「コンビニ行ってくる。帰ってきたときにまだそいつがいたら、ママに云いつけてほんっとにクビにしてやるからな！」

コートを羽織りながら玄関を出た。北風に向かって、まっすぐ顎を上げて歩く。

ムカつく。なにもかもムカつく。

母親も、家政婦も、アイジンも、寒いのも、なにもかもだ。

冷たい向かい風が目の奥にしみる。こらえ切れず瞬きをした途端に、涙が一粒、ぽろりと頰に零《こぼ》れ落ちた。悟士は大きく喘《あえ》いで、コートの袖で急いでそれを拭った。

なにが仕事だよ。どーせ愛人とべったべたしてるくせに。嫌いだ。ママなんて。大っ嫌いだ。

昔はあんなんじゃなかった。ちゃんと悟士の話に耳を傾けてくれた。仕事でどんなに帰りが遅くなっても、必ず早起きして朝ご飯を作ってくれた。仕事が忙しいときはメモや手紙のやり取り。授業参観や運動会も必ず来てくれた。

だけど、あの家を手に入れてから、ママは変わった。仕事仕事仕事。休日は愛人のため。忙しい、勉強しろ、それ以外の言葉を何年も聞いてない。転校して、クラスでいじめられたことを相談しようとしたときも、仕事を理由にまともに取り合ってくれなかった。だから悟士は、自分で身を守らなきゃならなかったのだ。誰も頼りにできなかったから。誰も悟士の言葉に耳を傾けてくれなかったから。

コンビニの窓が寒さで白く曇っていた。入口の前に、風で自転車が一台、横倒しになって出入りを塞いでいる。しかたなく、両手で自転車を起こした。

「ちょっと、君」

「えっ？」

振り返ると、いきなり懐中電灯の眩《まぶ》しい光が悟士の顔を照らした。うわっと目をつぶる。

「それ、君の自転車？」

「……ちがうけど……」

「中学生だね？」

「……そうだけど」

声をかけてきたのは、二人組の警官だった。

悟士が自転車を支えたまま訝《いぶか》しげにそう答えると、警官は目を合わせて頷き合った。

「背格好、年齢、辛子《からし》色のコート——間違いないですね」

「ああ。本部に連絡しろ。二十時四十六分、手配中の自転車窃盗犯を発見。——君、ちょっと一緒に署まで来てもらうよ」

「この…大馬鹿者がッ！　こんな恥をかかされたのは初めてだッ。自転車泥棒だと？　いったい美津子《みつこ》はおまえにどんな教育をしているんだッ」

「だから、おれはやってないって！」

口から泡を飛ばして怒鳴り散らす伯父《おじ》に、悟士も顔を真っ赤にして食ってかかった。

警察署の奥の応接室。安っぽい合皮の応接セットに座った署長と、窃盗犯係の係長が、弱ったように顔を見合わせる。

「まま、赤坂局長——ま、ここはひとつ、穏便に……」

「初犯ですし、甥子《おいご》さんには保護者の方からよく注意していただくことにして、この件につきましては、我々の胸に納めるという形で……」

なだめる二人に、赤坂は——悟士の伯父は、こめかみを揉みながら絞り出すような溜息をついた。

「まったく面目ない……。署長には迷惑をかけるが、ひとつよしなに頼むよ」

「ええ、それはもう、ご心配なく」

「悟士くん。もうお母さんやおじさんに心配をかけちゃいけないよ。いいね？」

初老の係長の諭すような口ぶりに、悟士は必死で訴えた。

「おれはやってない！　自転車が倒れてたから起こしただけだ。ちゃんと調べてよっ」

「でもねえ、目撃者がいるんだよ。君が二十時半頃、駅前のロータリーから自転車を盗んで走り去るのを、通りかかった人が見てるんだ」

「そいつが嘘ついてんだよ！　やってないったらやってない！」

「じゃあ、誰かそれを証明できる人は？」

「……それはっ……」

「いないんだね？」

「だって……一人だったし……。そうだ、防犯カメラ！　あそこ、カメラあるだろ！　おれが映ってなかったら犯人じゃないって証明できる！　調べてよ！」

三人の大人が同時に溜息をつく。

「残念ながら、あの場所はカメラから死角でね」

「防犯カメラがどこに設置されているかよくわかっている、常習犯の仕業だろうねえ。君は、あそこにカメラがあること、知っていたんだね？」

「悟士。自分のやったことだろう。潔く認めなさい」

悟士は震える両手で、ズボンを固く握り締めた。

あんな自転車、ほっとけばよかった。触るんじゃなかった。悔しくて涙が出そうになる。

けど涙を見せるのは嫌だった。泣くもんか。泣いてやるもんか。ぐっと奥歯を噛み縛る。

「ではまあ、今日のところは……」

「署長」

そこへ、中年の警官が真っ青な顔で飛び込んできた。話を切り上げようとした上役にぼそぼそと耳打ちする。署長が目を剝《む》いた。

「なんだと？　本当かね、君」

「はあ……どうもそのようで……」

「今更そんな……君ぃ、困るよっ、今頃になってて っ……」

「どうした。なにかあったのかね」

「はあ……」

怪訝そうな伯父に、署長がハンカチでしきりに汗を拭いながら向き直る。額に大粒の汗がぷつぷつと噴き出していた。

「実はですね、その……ただいま、窃盗犯係から連絡が入りまして……あのう……非常に申し上げにくいんですが……」

「なんだ。はっきり云いたまえ」

「はあ……実はその……手配中の自転車窃盗犯が……その……なんと云いますか……」

「君の話はちっとも要領を得んな。もっと簡潔に纏《まと》めてもらえないか」

「は、申しわけありません。その…つまりでありますね……」

「ちょっと、あなた！」

通路から女性の高い声がした。何事か争う気配。大人たちにハッと緊張が走る。

「困ります！　その人はこちらでお預かりして手続きを……ちょっと！　困りますったら！」

「いーからいーから。邪魔するぜ」

悟士は息を飲んだ。

バーン、と勢いよくドアが蹴破られ、辛子色のコートの小柄な男がまろび入ってくるや、床にドッと倒れ伏した。

童顔の成人男性だ。悟士と同じくらいの背格好。ゴキブリかなにかみたいに、見苦しく床をひっかいて逃げようとするその背中を、後ろから、小汚いスニーカーの底がぐいと踏みつける。男は床の上にぐしゃっと潰れた。

「な……なんだねきみは！」

唖然《あぜん》としていた係長が、ハッとしたように立ち上がる。

「おい、誰が通したんだ！　早く連れ出しなさいっ」

「申しわけありませんっ。ちょっとあなた、すぐに出て。本当に困りますっ」

「ごめんね。すぐすむから」

そいつは悠々と男を踏みつけたまま、取り縋《すが》る女性警官を、世にも魅惑的な微笑《ほほえ》みで黙らせてしまった。そして、悟士の向かい側で唖然としている初老の男に向き直る。

「あんたが署長さん？」

「そ、そうだが……君は？　その男はなんだ」

「し、署長」

土気色の顔にびっしりと脂汗《あぶらあせ》を浮かべた係長が、横から袖を引っぱった。

「あれが例の……」

「なにっ？　あれが？」

「はあ……コートの色、体格、間違いないかと……」

「いったいなにを二人でコソコソやっているんだね。——きみ。その人は？」

伯父が厳しい顔つきで女性警官に質《ただ》す。はい…と、女性警官は困ったように、踏みつけられてうなだれている男を見下ろした。

「手配中の窃盗犯です。先ほど、郵便局付近で自転車を乗り逃げして事故を起こしたと、こちらの方が……」

「八時半頃、駅前ロータリーで盗んだ自転車を二丁目のコンビニの前に乗り捨てたのは、おまえだな？」

スニーカーのソールが、ぐりっと背中を抉《えぐ》る。悟士とよく似た辛子色のコートの男は、ガバッと頭を床に擦りつけた。

「すみませんっ！　ぼくがやりましたっ。出来心だったんです、ゆ、許してくださいっ」

「なんだとっ……どういうことだ！」

伯父が激昂《げっこう》して立ち上がった。

「では、甥は濡《ぬ》れ衣《ぎぬ》だったのか⁉　どんな捜査をしとるんだ、君たちはッ！」

「申しわけありませんっ！」

直立不動の姿勢の二人が、ガバッと頭を下げる。

目の前に二つ並んだ薄い頭越しに、薄汚れたスタジャン、色褪《いろあ》せたジーンズのアイジンが、悟士にニヤッと笑いかける。

悟士は震える唇を一文字に引き結んだ。そして大きく両目を見開き、アイジンの顔をしっかりと睨みつけた。張り詰めた心が崩れないように、冷たいなにかが溢《あふ》れて零れ落ちないように、必死で睨みつけるのだった。


「話は簡単よ。お店に行く途中コンビニで買い物してたら、坊やがオマワリさんに引っぱってかれるのを見てね。びっくりして事情を聞いたら、自転車泥棒だって云うじゃない。慌ててお宅に行って、このお兄さんに事情を話したらさ……」

見事な黒テンの毛皮を羽織り、スリットの入ったタイトスカートで殺風景な署の廊下のベンチにすらっとした脚を組んだホステスは、赤く塗った長い爪《つめ》で、メンソール煙草を口に運んだ。アイジンが横からスッと火を差し出す。

「ありがと。……そしたら、家政婦さんもこの人も、あんたがそんなことするわけない、なんかの間違いだって云うもんだから。お母さんは留守だし、とにかく警察にって家を出たら、急に自転車が飛び出してきてさ。家政婦さんがぶつかって転んじゃってね、そしたらそいつ、泡食って走って逃げ出したの。自転車置いたまま。そんでこのお兄さんが、郵便局のほうまで追っかけてって……」

とっつかまえてみたところ、なんと自転車は松鮨のもの。岡持を提げた松鮨の従業員も後ろから追いかけてきて、ひき逃げと自転車窃盗で現行犯逮捕。緊急の場合には、民間人でも逮捕できるらしい。

「問いつめたら、駅前の自転車泥棒もそいつだって云うじゃない。世間は狭いわよねえー。ねえねえ、表彰状貰えるんだって。オマワリさんにはさんざん世話になってきたけど、褒められたのは初めてよ」

「へえ。姐《ねえ》さん、昔は悪かったんだ?」

「そーよォ。湘南《しょうなん》でブイブイ云わせてたんだから」

笑ってぱかぱか煙草をふかし、さーて、と立ち上がる。

「仕事仕事、っと。じゃあね、坊や。今日はバカ騒ぎしちゃってごめんね。お兄さん、今度お店に飲みに来てよ。坊やも大歓迎——ただし、オレンジジュースだけどね」

長いまつ毛でウインクして、小さなショルダーバッグをくるくる振り回しながら、ヒールを鳴らし颯爽《さっそう》と廊下を歩いていく。警官に引きずられてきた酔っ払いが、色っぽい後ろ姿に盛大な口笛を鳴らしていた。

「……ばっかじゃねーの」

両手をポケットに突っ込んで、通路にだらしなく両脚を投げ出した悟士の呟きに、壁にもたれて立っていたアイジンが、「ん?」と首を曲げる。

悟士はむすっと云った。

「ばかじゃん。ノコノコ外出てきやがって。ヤクザに見つかっても知らねーかんな」

「ああ……」

アイジンはくすっと、吐息のように笑った。

「忘れてたよ」

悟士はすくっと立ち上がった。

ずかずかと出口まで歩き、自動ドアの前まで来てから、壁にもたれて煙草を喫《す》っているアイジンを、怒ったように振り返る。

「……なにやってんだよ」

「え？」

「寒ィだろ。早く来いよっ」

アイジンはきょとんとしたように瞬きしている。悟士はプイと踵を返した。背中を丸め、向かい風の中、ズンズン歩く。門を出て、角を曲がった辺りで、背後からゆっくりとアイジンの足音がついてくるのを感じて、悟士は、ホッと安堵《あんど》した。

冷たい向かい風。住宅街の夜道。辺りはもすっかり静まり返って、ずっと先にある国道の車の音と、二人の足音が、闇にリズミカルに響く。

「……二：三」

いつの間にか隣に追いついてきたアイジンが、ぼそっと呟いた。なにが？　と、黒目だけチラリと動かして尋ねると、

「おれが二歩歩く間に、おまえの足音が三歩分」

「わっ……悪かったな。どーせチビだよ。短足だよっ」

悟士は頬を膨らませ、前のめりでズンズン早歩きした。ところが引き離すどころか、アイジンは、あのなんともいえず魅力的ないたずらっぽい笑みを浮かべて、慌てもせずに追いついてくる。悟士はすっかり拗《す》ねてしまった。

「ごめんごめん。悪くない。おれも昔はチビだったよ」

「いーよべつに。慰められるとよけい惨めになる」

「ほんとほんと。中学なんかクラスで前から二番め。身長伸ばしたくてバスケ部に入ってさ。毎日二リットルも牛乳飲んで、腹壊してめちゃめちゃ叱られた」

チラッと横目でアイジンを見る。忌ま忌ましいほど長い脚。しなやかな筋肉、均整の取れた八頭身……いや、八・五頭身くらいあるかもだ。

「……バスケやると、背、伸びるのか？」

「あれは都市伝説。おれのは遺伝。二十歳《はたち》前になっていきなりニョキニョキ伸びはじめた。お袋がでかい女だったから。一八三センチもあったんだぜ？　人前では七八だってサバ読んでたけど」

「八三⁉　マジ？　女だろ？」

「と思うよ。ちんちんはついてなかった。ついててもおかしくないような、ゴーカイな人だったけど」

ふわっと、目もとを優しく和ませる。その表情に、なんだか理由もなく嫉妬《しっと》を感じて、ふーん、と悟士は口を尖《とが》らせた。

「この辺りは変わってないな。緑も多いし……小学校がなくなっててびっくりしたけど」

「あそこは隣の区と統合されたんだ。四年くらい前だよ」

「そっか……あそこで毎年盆踊りとかやってたんだけどな」

「いまは中学校でやってる。……アイジン、ここに住んでたのか？」

「むかーし、な」

アイジンは空に向かって、ふっ……と白い煙を吐いた。

「もう十年以上も前だよ」

「へーっ。ここ、昔は貧乏人も住めたんだ」

からかったつもりだったのに、アイジンはただ、曖昧《あいまい》な微笑を浮かべるだけ。急に自分が恥ずかしく思え、悟士は、俯《うつむ》いてますます歩調を速めた。けれど悔しいことには、それでやっとアイジンの足運びと同じになるだけなのだった。

「お母さん、帰国が延びたんだって？　家政婦さんから聞いたよ」

悟士は弾《はじ》かれたように顔を上げた。

「今日のこと、ママに……」

「云わないよ。おまえはなんにも悪いことしてないだろ」

「き、昨日のことも」

縋る視線に、アイジンはしっかりと頷いた。

「ああ。云わない。一宿一飯の恩だ。約束するよ」

ぽん、と背中を叩く。

「ほら。急げよ。心配してるぜ」

え……――と、視線を巡らせると。

白い庵治石を連ねた塀――大きな門の前。

この寒空、カーディガンを羽織っただけの薄着で、家政婦の澄江がエプロンを揉み絞るようにしながら一人うろうろと行きつ戻りつしていた。――その右膝に、白い包帯。

「転んだとき、怪我《けが》したんだよ」

そう、静かな声で、アイジン。

「澄江さん、おまえは絶対に泥棒なんかする子じゃないって、一番初めに飛び出してったんだぜ」

「……………」

「女に心配かけるなよ。男だろうが」

澄江がこちらに気づいて、悟士を見るなり、色白の丸々とした顔をぱあっと輝かせる。

悟士は俯いて、立ち止まった。いろいろな感情がいっぺんに胸をせり上がってきて、喉がぐうっと締めつけられる。

震える唇を引き結んでこらえようとする悟士の頭を、アイジンの、温かい、乾いた手の平が、ぽんぽん、と叩いた。

「つらかったな。……もういいんだよ」

「っふ……」

涙と嗚咽《おえつ》が堰《せき》を切ったように溢れ出た。わあわあ子供のように声をあげる悟士の頭を、アイジンは、あったかい胸板にぎゅうっと抱きしめた。背中を撫でてくれる手が優しくて、ずっと撫でていてほしくて、いつまでも涙が溢れて止まらなかった。

3

「あっ、あっ、あーっ、待った待った待った！　いまのナシ！　ナシナシ！　あーっ！」

「……っせーなあ、もー。ナシじゃねーよ。待ったなんかあっかよ。将棋じゃねーんだから」

「あぁぁ〜……おれのアルフィンちゃん〜……」

グラマラスなバストを長剣で串刺《くしざ》しにされた、ミニスカートの猫耳美少女格闘家が、悲痛な叫びをあげて谷底へ落下していく。

——といっても、美少女は3Ｄグラフィック。格闘ゲームの画面の話だ。

コントローラーを握り締めてバタリと床に突っ伏したアイジンに、悟士は、明後日の方を向いて、は〜あァとこれみよがしな溜息をついてやった。

「アイジン、弱《よ》っえーよ。ぜんっぜん相手になんねー。対戦申し込む前に修行してこいよな」

「待った待った。な、もう一戦。最後にもー一戦だけ。な？」

「えーっ？　またぁ？……ったくもお…」

もう一回だけだからな、と心底嫌そうに念を押しつつ、悟士は渋々クッションに座り直した。だけどその実、内心は口とは裏腹だ。

学校に行っている間に、アイジンがどこかへ消えてしまうんじゃないかと、授業中気が気じゃなかった。

五時間めが終わった瞬間、鞄を引っつかんで教室を飛び出した。田辺が昇降口までなにか云いたそうに追いかけてきたけれど、シカトしてしまった。悪いかなと思ったけど、しょうがないのだ。あいつと口をきくと、こっちまでシカトされるかもしれないし。

自転車でいつも二十分かかる道のりを十一分でカッ飛ばし、玄関に飛び込んで、すっかり煙草臭くなってしまったリビングで格闘ゲームに夢中になっているアイジンを見たとき、ホッとするのと嬉しいのとで、悟士は涙目になってしまった。昨日から涙腺《るいせん》がどうかしているのかもしれない。

アイジンのリクエストで、夕飯はおでん。奥の日本間に初めて炬燵《こたつ》を出した。

塾をズル休みしたのも初めてだ。母親に叱られるのも怖くない。英単語を三つ覚えることよりも、アイジンと炬燵でおでんをつつくことのほうが、悟士にとってはずっとずっと重要だったから。

「悟士、ケータイ鳴ってないか?」

「あ、鞄の中入れっぱなしだ。……あっ、玉子残しといてよ!」

「あまーい。いつまでもあると思うな親と煮玉子」

「食ったらブッ飛ばしだかんな!」

急いでリビングルームへ走っていって、鞄から携帯電話を取り出す。

表示された名前を見て、ギクッとした。……田辺だ。

「玉子半分食べちゃったぞ」

迷った末、通話を切って日本間に戻った。うん……と上の空の返事で炬燵に潜り込む。

「どうかしたのか？」

「なんでもないよ。……なあアイジン。その首の、なに？　ネックレス？」

「ん？　ああ……これか」

アイジンは、あまりきれいじゃない紐に通した、翡翠《ひすい》で彫った仏像を、首から外して見せてくれた。親指の上にのってしまうくらいの、ごく小さなものだ。

「プラクルアンっていって、タイの御守りだよ。身につけてると、魔物や悪運を祓《はら》って、勇気と幸運を与えてくれる。これは小さいけど、あっちに行くとみんなもっとごついのをジャラジャラ首から下げてるよ」

「ふーん……でもそれ効き目ないいね」

「え？」

「だってアイジン、ヤクザに追っかけられてんじゃん」

ちょっとバカにして御守りを突き返すと、アイジンはそれを大事そうにまた首から下げた。

「んなことないって。じゅうぶん御利益あったぜ」

畳にごろりと横になり、猫のようにしなやかに背中を伸ばす。

「あったかいおでんに、炬燵に、冷えたビール。な？」

すごい御利益だろ？　仄《ほの》かに酔いが回ったとろんとした顔で、ほんわりと笑いかけられて、悟士は赤くなった。

なんでだろう。アイジンがにっこりすると、なんだか頭がぼーっとなって、心臓がドキドキするのは。

アイジンは座布団を折った上に頭をのせて、うとうと、気持ちよさそうに目を閉じている。

「……なあ。アイジン、風呂は？」

「んー……あとで」

「そこで寝るなよな。風邪引くぞ」

「んー……」

「なあ。風邪引くってば」

「うーん……」

うるさそうに寝返りを打つ。はあ……と酔いの絡んだ溜息。

「……おまえって悠一《ゆういち》みたい……」

「え？　誰？」

アイジンはごしょごしょとまたなにか云ったみたいだったが、玄関のチャイムの音で消されてしまった。

こんな時間に誰だろう。……ひょっとして、ママ⁉

悟士はコタツで潰れているアイジンの上に慌てて座布団を重ねて隠し、必死に言い訳を考えながら玄関に飛んでいった。公園で拾った――じゃマズイよな、塾の先生……友達の兄貴！

勉強を見に来てくれた……ええーっと、名前、名前は……なんとでもなれっ！

「お帰りなさいっ！」

勢いよく扉を開けた悟士は、いきなりなにかにドンッとぶつかって、内側に弾き飛ばされた。

どしんと三和土に尻餅《しりもち》をついたその横を、洒落《しゃれ》た茶の靴、同系色のロングコート、グレーのセーターという出で立《い》ちの長身の男が、土足のままズカズカと家の中に踏み込んだ。

腰を抜かしている悟士には目もくれず、土足のままホール左手のリビングを通り抜け、迷いもせず突き進む。

悟士は泡を食った。その奥には、アイジンのいる日本間があるのだ。

「ア……アイジン！」

上がり框《がまち》に這《は》い上がって、滑る廊下を走った。

男の右手が、スパーンと障子を開く。そして、悟士がのせた座布団を靴で蹴りのけると、寝ているアイジンの襟首をむんずと摑んだ。

「うわあああーッ！」

悟士は絶叫を放って、男の腰にタックルした。

「うわっ⁉　なっ、なんだっ」

「逃げろ！　アイジン！　アイジンッ！　早くッ！」

「アイジ……？　おっ……いてっ、よせ、噛むなこらっ！」

「……うーん。っせーなあ、もお……」

畳の上でくんずほぐれつ、ドスンバタンと転がる二人のすぐ横で、アイジンが厭《いや》そうに寝返りを打った。

「おい、オカっ。死に物狂いで暴れる悟士と格闘しながら、男が怒鳴る。

「寝ぼけてないでこのガキをどうにかしろ！」

「んー……うん……。……ああ。悠一。早かったな」

アイジンは短い髪をバリバリかいて、呑気な大あくびで起き上がる。それから、男の脚にすっぽんみたいに噛みついている悟士に命じた。

「悟士ィ。茶ァ淹《い》れて、二つ。うーんと濃いの。あと悠一、おまえ靴脱げよ。ここは日本なんだからさ」

「へえ……書斎はそのまんま使ってるんだな。さすがに壁紙は新しいけど。あ、この柱の傷。

貴之《たかゆき》と喧嘩して置き時計投げたときのだ。なっつかしー」

「……なに呑気なこと云ってんだ」

天井の大きな梁《はり》を剝き出しにした、屋根裏風の造りの書斎。机と椅子こそ替えられているが、壁の三方をくりぬいた天井までの大きな書棚も、鎧戸《よろいど》のある両開きの出窓も、当時のままだ。

窓を開けて、生温かな春宵の風に顔を当てる柾《まさき》に、本棚にもたれた佐倉《さくら》悠一は、湯飲みを片手に苦々しげな溜息をついた。コートは着たままだが、足もとはスリッパに履き替えている。

「ったく……。どんな騒ぎになってると思う。及川のやつ、仕事場まで怒鳴り込んできたんだぞ」

「パリまで？　ひょえー。さすが及川、すっげえ執念」

「感心してる場合か。匿《かくま》ってんじゃないかって疑われて、アパートメント中家捜しされるわ、こっちはえらい目にあったんだ。そこに半年も音信不通の誰かさんから、お気楽にメールで金の無心ときた」

「ごめんごめん」

柾は苦笑して、窓を閉めた。

「ジャングルのド真ん中でぼーっと仏像眺めてると、どーも時間の感覚がズレるんだよな。

一ヵ月がこっちの一日くらいの感じでさ。……けど、わざわざ来てくれなくても、金だけ送ってくれればよかったのに」

「うぬぼれるなよ。ついでだ、ついで。誰がおまえ一人のためなんかに帰国するか。出版社がN木賞の祝賀会をやるってうるさいから……なにニヤニヤしてんだ」

「してないよ。そういえばまだお祝い云ってなかったなーと思ってさ。おめでとう、佐倉悠一先生。最年少受賞作家だって？　しかも推理作家のN木受賞は史上何人めとかの快挙なんだろ？」

「ふん……なにがN木だ。選考会の重鎮が二階から候補の名前書いた紙飛ばして、愛猫に踏ませて決めてんだぜ？　あんなもん、クソの役にも立つか。くだらない」

「ふーん。そんなもんかな。おれは凄いと思うけど……」

　書棚の一冊を抜き取ってパラパラめくる。〈第×回N木賞受賞作品〉なる金色の帯のついた、目立つ緋色《ひいろ》の表紙。悠一はすぐさまそれを奪い取り、柾の意味深なニヤニヤ笑いに、ピリリと端正な眉をひき攣らせた。

「……おまえ、さっきからなにか云いたそうだな」

「んーん、べっつに。ま、とにかく、そのクソの役にも立たないN木の祝賀会のために、フランスから遠路はるばるご苦労さん」

「べつに祝賀会のために帰ってきたわけじゃ……」

「あれ？　なに？　違うの？」

「…………………」

悠一はムスッと口を一文字に結ぶと、コートの隠しから白い封筒を取り出し、柾のニヤニヤ笑いの上にべしっと張りつけた。

「五十万。利子は十日一割だ」

「えぇぇ？　どこの闇金だよ。いっくらなんでもボリすぎだろ」

「文句があるならマチ金で借りてこい。いまどき身分証も保証人もナシで金貸してくれる金融屋があるならな」

「文句なんてとんでもございません。佐倉大明神様様」

ありがたく拝みつつ、封筒を大事にポケットにしまった。

「けどほんと助かった。これでやっとまともな着替えが買えるよ。カードも口座も及川に押さえられちゃってて」

「スイス銀行に隠し口座を開いたんじゃなかったのか？」

「開いたよ。……その日のうちにソッコーでバレたけど」

「どうして」

「あそこの頭取、貴之のチェス仲間だったんだ」

「……なるほど」

悠一は渋い緑茶をずずっと啜った。

「で、これからどうするつもりなんだ？　警察も動いてる。いつまでも逃げ回ってられる状況じゃないぜ」

「とりあえず週末が終わるまで、どっかに身を隠すよ」

「週末になにかあるのか」

柾ははー、と溜息をついた。

「見合い」

「見合い？　って……まさか」

「……」

「マジかよ」

柾はギシリと革を軋《きし》ませて椅子に腰かけ、煙草を咥えた。

「マジもマジ。招待客のリストを偶然見ちゃってさ。名目上は、丸の内の新社屋落成祝賀を兼ねた創立記念パーティだけど……」

「その実態は創立記念にかこつけたお見合いパーティか。さもありなん……あの若さで四方堂グループのトップブレーンだ。花嫁の座を狙《ねら》う女は星の数、年頃の娘を持ってる重役連中も気が気じゃないだろ。そういや、ＴＩＭＥの〈世界一魅力的な独身男〉にも選ばれてたな、貴之さん」

「貴之のじゃないよ」

柾はクルッと窓のほうに椅子を回転させ、不愉快そうに、天井に向かって大きな溜息をついた。

「おれの」


……だめだ。ぜんっぜん聞こえねえ。

分厚いドアのあちこちにぴったりと左耳を押しつけては、内側の様子に聞き耳を立てていた悟士は、チェッ、と舌打ちし、膝を抱えて廊下にしゃがみこんだ。

二人きりの話があるからと、書斎に籠《こも》ってもう小一時間だ。いったいなにを話してるんだろう。

あいつ、悠一って云った。アイジンの旧《ふる》い知り合いみたいだ。モデルみたいに脚が長くて、落ち着いてて、頭良さそうで……顔も良くて。二人が並ぶとメンズファッション誌の表紙みたいだった。

……べつにさ。おれがイライラすることないんだけどさ。

チラ、と、ぴったりと閉じたドアを見上げる。

……でもさ。なーんか気になるよな、あの二人……。

「……」

再びそーっとドアに顔を近づける。と、いきなり開いたドアがガツンと額を打った。

「いでっ。でででででででーっ」

「あ、悪ィ」

咥え煙草でアイジンがひょいと顔を出し、廊下をのたうちまわる悟士に、怪訝そうな視線を向ける。

「こんなとこでなにやってんだ?」

「べ、べつにっ……話終わったのか?」

「まあな。それより、門の外に立ってるの、おまえの友達じゃないか?」

ジンジンするおでこを撫でながら、悟士は、アイジンが親指で指した方角をきょとんと見やった。

「友達……?」

田辺だった。

いつから立っていたんだろう。厚ぼったいコートのポケットに両手を入れて、猫背がちに、じっと門の前でうなだれている。

「あの子、確か田辺っていったっけ。上がってもらえよ。あんなところにいたら風邪引いちまう」

「………」

街灯に照らされた、どんよりとした顔が、ふっと二階の窓を見上げた。

暗い廊下から隠れるようにその姿を見下ろしていた悟士は、思わずパッと体を隠した。わけもなく体が震えた。なんだか恐ろしかった。

なんでうちまで来るんだよ。シカトしたのはおれだけじゃないのに。——親に言いつけに来たのか?

そう思うと、今度は腹が立ってきた。せっかくさっきまで楽しい気分だったのに。ぎゅっと口を突き出して、悟士は自分の部屋に踵を返した。

「……悟士?」

「宿題やる」

「って……友達は」

「知らね。約束してねーもん。ほっとけばそのうち帰るよ」

「そのうちって……おい」

アイジンは部屋の中まで追いかけてきた。悟士の腕を掴む。

「なんだよっ」

「上げてやれよ。約束してなくたって、用があるから来たんだろ?」

「っせーな。おれの勝手だろ!」

「喧嘩してるのか?」

「べつに」

「じゃあ、顔を合わせられないような理由でもあるのか」

「ないよっ」

図星を指され、意地になって腕を振りほどく。アイジンは溜息をついた。

「わかった。ならおれが話を聞いてくる。それならいいな?」

「やっ……やめろよっ!」

悟士はアイジンの前に飛び出した。

「なんでだよ。かわいそうだろうが、いつまでもあんなところに立たせてちゃ……」

「うるせーな! よけいなことすんな、なんにも知らねーくせに! あいつと口きくと、おれまでシカトされるんだぞっ」

「シカト?」

きれいな眉間《みけん》にきつい皺《しわ》が寄る。

悟士は思わず目をそらした。

「……悟士。おまえ、あの子をいじめてるのか」

「ちげーよ。ちょっとシカトしてるだけ」

「ちょっと？」

「……………」

「来い」

グイと悟士の手首を引く。

「なんだよ。はなせよっ」

「あの子に謝れ」

「いやだ」

「悟士っ」

「おれがシカトされてもいいのかよ！」

「くっだらねえ。なら一緒に闘え、友達だろうが！　ちんちんついてねーのか！」

「じゃあアイジンはシカトされたことあんのか⁉」

アイジンが黙ったのを、つけ入る隙と、悟士は大上段に畳みかけた。

「いじめられたことのないやつに、いじめられた人間の気持ちがわかるかよっ！　おれは、小学校のとき、転校して、一番はじめの日に履いてたスニーカーがプレミアついてたからって、それだけでいじめられたんだ。金持ちの子だからって。金持ちは私立に行けって。シカトされて、上履きに泥入れられたり、教科書に落書きされたり。誰も助けてくれなかった。先生もママも聞いてくれなかった。だから自分で守ったんだ。あいつらバカだから、金バラまいてやったらすぐ言いなりになった。おれのこと一番いじめてたやつが、いまはおれの機嫌取ることしか考えてないんだぜ。いい気味だっ」

「……いじめられて、つらかったか」

「当たり前だろっ」

「そのつらいことを、友達に平気でやってるのか」

悟士はぐっと喉を詰まらせた。

アイジンは腰を屈めると、悟士と視線を合わせた。諭すように穏やかに云う。

「いじめられてるやつの気持ちがわかるのは、いじめられた経験のあるやつだけなんだろう？　だったら彼の気持ちも、おまえが一番わかってやれるんじゃないのか？」

「お……おれが言い出したんじゃねーよ！」

「一緒にやってるなら共犯だ」

「だって、田辺だって！」

「おまえは卑怯者《ひきょうもの》になりたいのか」

「だっ……」

「悟士」

「うるさい！　黙れ！　だまれだまれだまれだまれー ッ！」

悟士は喚《わめ》きながらタックルした。クローゼットの中に、アイジンがドッと倒れ、壁に頭をぶつける。立ち上がろうとする前に両手で思い切り戸を閉めた。

「おいっ……開けろ！」

狼狽《ろうばい》したアイジンが内側から激しく戸を叩く。悟士は両足をつっぱり戸に全体重をかけた。

「悟士！　悟士ッ！　開けろ！　開けてくれッ……悟士ッ」

「おれは卑怯者じゃない！」

「悟士ッ……悟士！　いやだ！　頼むから！　出してくれッ、助けてっ……」

「うるせーっ！」

「……さとし……ッ」

「うるせーうるせーうるせーうるせー！　黙れバカ！　おまえなんか大ッ嫌いだ！」

「………」

ガリガリと爪で戸をひっかくような音が、ズズズーッと、床のほうへ下がっていく。そして、突然、静かになった。

物音どころか、声も——息遣いさえ。

「……アイジン……？」

「おい、なんの騒ぎだ？」

入口から長身の男が声をかけた。

クローゼットに両手をついたまま振り返った悟士を見るや、悠一は、鬼のような形相で悟士を突き飛ばし、扉を開けた。

悟士はわあッと叫んだ。

内側から、ぐらっ……と、まるで壊れたマネキンのように、意識を失ったアイジンの体が倒れてきたのだ。

悠一はアイジンを床に横たえると、手際よくシャツの釦《ボタン》を外して気道を確保し、さらにウエストを緩めた。

「オカ――オカ！　しっかりしろ。聞こえるか」

両頬を叩く。反応はない。

「救急車だ」

悟士は床に尻餅をついて、ぼーっとそれを見つめていた。悠一が振り返って怒鳴る。

「救急車を呼べッ！　この間抜けッ、聞こえないのか！」

だが悟士はすくみ上がるばかりだった。悠一の叱責も飲み込めず、全身がガクガク震えだし、どうすることもできない。

悠一が自分の携帯電話を取り出す。ダイヤルしながらアイジンへの呼びかけをくり返すと、青ざめた顔がわずかにピクリと動いた。喉がヒュッと鳴って、激しく咳き込む。悠一が携帯を放り出して背中を摩《さす》った。

「オカ！　大丈夫か、息できるか」

「……悠一……」

「じっとしてろ、気を失って倒れたんだ。頭どこかにぶつけてないか？　吐き気は？」

「ああ……」

真っ青で、脂汗をかいた顔。ぼんやりとした眸《め》が、うろうろと天井をさまよい、うつろに悟士を捕らえる。

悟士は尻餅をついたままズルズルと後ろにいざった。怖かった。怖くて怖くてたまらなかった。


寒さでぶるっと体が震えた。気がつくと悟士は、いつの間にか公園のベンチに腰かけていた。

コートも、靴もない。靴下一枚きりの足が、モザイクタイルの冷たさにジンジン痺《しび》れる。けれど立ち上がる力もなく、暗闇でキラキラと光る噴水を、ただ茫然と見つめていた。

怖かった。本当に死んでしまうかと思った。

真っ青だった。アイジンの顔。小さい頃に亡くなった父親と同じ顔だった。ちっとも苦しそうじゃなくて、眠っているみたいだったのに、悟士が何度呼んでも目を開けなかった。いまでも強烈に頭に焼きついている——膚《はだ》の色がだんだん青黒くなっていって、お別れをしなさいと周囲に促されても、悟士は恐ろしくて父親の死顔を直視できなかった。イトコたちに「弱虫」とからかわれても、胸の上に重ねられた父の手に触ることもできなかった。

じわ……と、視界が滲《にじ》む。

おれが悪いんじゃない。悪いのはアイジンだ。正義漢ぶるから悪いんだ。なんにも知らないくせに。大人におれの気持ちなんかわかるわけない。わかるわけないんだ。

「…………」

悟士は洟《はな》をすすった。

だって。

怖いんだ。また仲間外れにされるかもしれない。またみんなからシカトされるかもしれない。考えただけで、怖くて怖くてたまらないんだ。田辺のつらい気持ち、わかりすぎるほどよくわかる。でも。

「……ねえ、君、どうしたの？」

ヒクヒクとしゃくり上げる悟士に、女性の優しい声が、そっと話しかけてきた。

驚いて顔を上げると、スポーティなショートヘアの若い女性と、暖かそうな黒いダウンコートに両手を突っ込んでいる、ものすごく背の高い男とが、目の前に並んでいた。

悟士が慌てて頬を拭うと、女性はちょっと腰を屈めるようにして顔を覗《のぞ》き込んできた。

「どうしたの、こんなところで……そんなカッコじゃ寒いでしょ」

「……」

「あーあ、こんなに冷え切っちゃって。お兄ちゃん、コート貸してあげて」

「……おれの？」

「早く。風邪引いちゃうじゃない」

妹に急かされて、男は渋々とダウンコートを脱いだ。大きな暖かいコートが、悟士の冷え切った体をすっぽりと包む。

「おうち、この近く？　靴は？」

「……」

「その足じゃ歩くのつらいよね。お兄ちゃん、そばについててあげて。その辺でタクシー拾ってくるから」

「おれが行く」

「いーから。こういうときはね、男同士のほうがいいのっ」

彼女は無理やり悟士の横に座らせると、小走りに出口へと駆けていく。男はハッとしたように腰を浮かした。

「友紀子《ゆきこ》！　あんまり走るな！」

「もー、心配性。へーきだってばっ！　あんまり心配してるとハゲるぞ！」

「おいっ……たく……」

弾むように走っていく。男は苦々しげに舌打ちし、ドスンとベンチに腰かけた。もう立つに立てなくなり、悟士はコートの中で体を縮めた。

なにを喋《しゃべ》るでなく、男はただむっつりと横に座っている。黒いハイネックのセーターにジーンズ。三月の半ばだ。まだ夜更けは冷える。悟士はおずおずとコートを返した。

「……これ」

男はジロッと悟士を見、また怒ったように視線を戻した。

「着てろ」

「でも……」

「おれは鍛えてる。寒くない」

悟士はまたモゾモゾとコートを羽織った。逆らったら殴られそうな気がした。

なにかのスポーツ選手だろうか。筋肉隆々とかじゃないけれど、肩も腕もしっかり筋肉が付いていて、服の上からでも鍛えているのがわかる。

「おまえ、この前近所で会ったな」

「え……あっ」

一昨日《おととい》うちの門の前に立ってた、でかい男！

「なんで靴履いてないいんだ」

「………」

「親と喧嘩したのか？」

悟士は力なく首を振った。

「……親じゃない」

「じゃあ、兄弟喧嘩か」

「……ちがう」

口ごもり、トモダチ、と呟く。

「大切なやつか？」

「………」

悟士は俯いて、ギュッと両手を組んだ。

「……うん」

「なら、早く謝ったほうがいい。自分が悪いと思えなくても、……いまはそう思えなくてもだ。あとで必ず後悔する」

悟士は不思議そうに男を見つめた。男の横顔は無表情で、でもなんだか、とても辛そうに見えた。

「……あんたも、なんか後悔してんの？」

「……してる」

男の眼差《まなざ》しが、すっと彼方《かなた》へ向く。——なにか遠い思い出でも見るように。

「十年前、おまえの家に住んでたんだ。……おれが謝りたい相手は」

「えっ……あの家に？」

「中学の同級生だった」

ふっ…と白い息が舞う。

「あの頃おれは……あいつが嫌いだった。あいつはおれのことを友人だって云ってくれたのに、おれは身勝手で……自分と違って才能にも友人にも恵まれてるあいつに、芯《しん》から嫉妬してた。妹の命の恩人だっていうのに、感謝もしなかった。あいつほどおれを思いやってくれてたやつはいなかったのに。それを認めるのに、何年もかかった」

「………」

「……おれは、自分のしたことが許せない。もし十年前に戻れるなら、自分をぶん殴ってやりたい」

「仲直りしないの？　謝りたくてうちまで来たんだろ？　そんないい人ならきっと許してくれるよ。友達なんだろ？」

「……どうだろうな。あいつがまだそう思ってくれてるかどうか」

「どこに住んでるかわかんないの？　おれ一緒に捜してやろうか。不動産屋に聞いてみたら？　なんかわかるかも」

「家は横浜にある。普段は東南アジアで遺跡の保護活動をしてて、めったに帰ってこないらしいが」

「なんだ。そこまでわかってるんなら、会いに行けばいいじゃん」

男はしばらく黙り込んだ。ぽつりと云った。

「怖い」

「えっ……」

「怖いんだ。――あいつに会うのが」

悟士は驚いて、まじまじと男の横顔を見つめ直した。

「……大人なのに……怖いの？」

彼は冬の夜空を睨み付けていた。大人の男の、その精悍な唇がわずかに、寒さのせいではなく震えているのを見て、悟士は急いで目を背けた。見てはいけないものを見てしまったような気がした。

彼の妹が拾ってきたタクシーが、ヘッドライトで眩しく顔を照らすまでの間、二人は無言でベンチに並んでいた。

4

兄妹はタクシーで悟士を送ってくれた。

あれきり黙り込んでしまった男は、車が走り出してからも窓を開けて心配そうに振り返っていた妹とは対照的に、悟士を一瞥《いちべつ》もしなかった。

悟士は門の外から、真っ暗な自宅を見上げた。窓という窓の明かりが消され、シンと静まり返った家屋は、まるで空き家のように不気味だ。

あいつと一緒に行っちゃったんだ……。

悟士はがっくりとうなだれて門をくぐった。

玄関に自分で明かりをつけるのは嫌いだ。ただいまを云う相手がいないってことだから。

和室にも二階にも誰もいなかった。火の気のないリビングのソファで、悟士は膝を抱えた。

泥だらけの靴下。絨毯《じゅうたん》を汚したら母親が目を吊《つ》り上げる。けど、そんなこともう、どうでもいい。

――本当の名前、聞けばよかった。

携帯の番号、聞けばよかった。

ケチらないでゲームの裏技教えてやればよかった。メアド教えておけばよかった。

ごめんなさいを、云えなかった。

次から次に後悔が押し寄せてきて、コップの縁から零れてしまいそうだ。

——なんでさ。なんで黙って行っちゃうんだよ。アイジン。

悟士はぎゅっと膝に顔を押し付けた。腫《は》れぼったい瞼《まぶた》の裏側に、うっすらと差し込む光。

月が出てるんだ。ぼんやりと顔を上げ、悟士は、バネのように立ち上がった。

窓の外、中庭の桜——青白い月光を浴びたその枝の下に、アイジンが、ぼんやりと静かに佇《た》っていた。


指に挟んだキャメルの紫煙が、微風に揺れて、薄闇《うすやみ》にゆらゆらと渦を巻きながら上っていく。

靴下のまま白玉砂利の上に飛び下りた悟士に、アイジンは、ゆっくりと首を巡らせ、

「ほら」

と、枝の先を指さした。

気の早い蕾《つぼみ》が一輪、小さくほころびて、淡く可憐《かれん》な花びらを覗かせていた。

「寒い寒いと思ってたけど、もう春なんだな」

「……アイジン……」

じわっ…と瞳が熱く潤む。悟士はぎゅっと拳を握り締め、怒ったように顔を真っ赤にして、必死に嗚咽を飲み込んだ。

ゴメンナサイ。——ちゃんとそう云いたかったのに、

「ま……まだいたのかよ」

絞り出せたのはそんな言葉で。

「心配かけんなよな。人騒がせなんだよっ」

アイジンはちょっと笑い、ごめんな、と云った。悪くないのに。アイジンはちっとも悪くないのに。

陽に焼けた頬が月の雫《しずく》で濡れたように光っている。

「……あいつは？　一緒に病院行ったのかと思った」

「悠一は帰ったよ。あれくらいの発作はいつものことなんだけど、あいつ昔から過保護なんだよ。びっくりさせて悪かったな」

「いつも、あんなふうになるのか？」

「暗いとこや狭いのが苦手なんだ。パニック起こして呼吸ができなくなる」

「暗所恐怖症……とかってやつ？　だっせーの。大人のくせに」

だよなあ、とアイジンは溜息をつく。

「カウンセリングで前よりはマシになったんだけどな。エレベーターもだめなんだ。新幹線も飛行機も。窓が開かないのは全部」

「飛行機もかよ。どうやってタイに行ったんだ？　着くまで失神してたのかよ」

こんなこと云いたいんじゃない。憎まれ口ばかり叩く自分が嫌だった。謝らなきゃ。悟士は両手の拳をギュッと固めた。

「あのっ……」

「怖いんだけどな。でも、平気でいられる方法がひとつある」

知りたいか？　とアイジンは宝石のように澄んだ黒瞳で、悟士を見つめた。そして右手を差し出すと、さらっと乾いたその手の平で、悟士の左手を握り締めた。

「こうするんだ」

悟士は耳朶《みみたぶ》まで真っ赤に茹《ゆ》で上がった。心臓が破裂しそうにドキドキして、耳の中が、自分の鼓動でいっぱいになる。

どうしていいか、どんな顔をしたらいいのかもわからない。ガチガチに硬直している指を、やっと折り曲げて握り返そうとすると、アイジンの手から、スルッ…と力が抜けた。

悟士は不思議そうにアイジンの顔を見上げ、それから、アイジンが、なんともいえぬ眼差しで見つめているほうを振り向いた。

辺りには、うっすらと靄《もや》が立ちはじめていた。エンジンの音。開いたままの門の向こうに、黒い大きな外車が静かに停まる。

そして後部座席のドアから、滑るように優雅に、一人の男が降り立った。——まるでフランス映画に出てきそうな、夢のように美しい男が。


白い玉砂利を革靴で踏みしめて、落ちついた足取りで桜の下までやってくると、男は羽織っていた光沢のあるウールのロングコートを肩から滑り落とした。

アイジンより背が高かった。向かい合った二人の眼差しが、悟士の遥《はる》か頭上で絡み合う。

「……いつ、こっちに？」

アイジンが、ふーっ……と煙を吐いて尋ねる。

「一昨日の晩だ」

男が聞き惚れるようなテノールで答える。

「わたしはともかく、周囲の者に心配をかけるのは控えなさい。また千住の白髪が増える。おまえと同い年なのに、気の毒に」

「おっちゃんの味噌ラーメンがどーしても食いたかったんだよ」

「そうか。堪能《たんのう》できたか？」

「知らないね。関係ないだろ、貴之には」

アイジンが拗ねたようにそっぽを向く。

貴之、と呼ばれた男は、アイジンよりずっと年上に見えた。渋みのある口もとにふっと苦笑を浮かべ、自分のコートでふわりとアイジンの体を包んだ。それはアイジンにはちょっと大きくて、マントのようだったけれど、上品な色合いは焼けた膚と目の色に不思議なくらいよく似合った。

何者……なんだろう……？

さっきの悠一ってやつもカッコよかった。モデルっていっても通用するくらいだ。だけど、目の前の男は桁《けた》違いだった。悟士は、目の前に並んだ夢のような二人の姿に、ただただポカンと口を開けて見とれるばかりだ。

着ているものも車も立派で、顔もスタイルも最高で、渋くて上品で物腰も優雅で、声も良くて、いかにも頭が切れそうで——とにかく「凄い！」という形容詞がこれほどぴったりハマる人間に会えるのは、一生のうちに、これが最初で最後じゃないだろうか……と。

「まだ帰る気にならないか？　おまえの手からでないとクロが餌《えさ》を食べてくれなくて、皆が手を焼いている。三代《みよ》も心配しているよ」

「クロはほっとけばいい。腹がすいたら勝手に食うよ。皆がちやほやするから甘ったれてるんだ、あいつ」

「パーティの件は、千住から話は聞いた。重役連中の策謀らしいな」

「創立記念式典に顔を出すのはおれの役目だ。じーさんの遺言だから、それは守るよ。でも……」

「わかっている。わたしのミスだ。チェックが甘かった。……とはいっても、いまからでは出席者の変更はきかんが……」

「……」

「その代わりパーティのエスコートは、このわたしが務めよう。それでどうだ？」

「……ばか云うなよ。そんなことできっこないだろ」

まだ拗ねたように視線を背けているアイジンのほっそりとした頤《おとがい》を、男は優美な指先で、キスをするときのように下からクイとあおのかせる。——悟士の心臓は、またドクンッと激しく打った。そしてギュウウッと、両手で絞られたみたいに痛くなった。

「降参だ。頼むから教えてくれないか。どうすれば、その曲がった臍《へそ》は元の位置に戻ってくれる？」

「……特製もやし味噌」

コートの柔らかさを確かめるように、襟で頬を撫でながら、そっぽを向いたままアイジンが呟く。

「奢ってくれたら、戻してやってもいい。ただし、並んで一緒に食うんだぜ。あそこのカウンターで」

するとい男は、見ているほうが切なくなるような、とろけそうに甘い微笑を返した。

「お安い御用だ」

「……アイジンっ！」

悟士は思わずアイジンの手に飛びついて、引っぱった。両方から、いままで存在を忘れていた、という顔で見下ろされ、カッと顔が熱くなる。

戸惑っているようなアイジンの袖を、家の中にぐいぐい引っぱった。

「なあ、今日も泊まってくんだろ？　風呂入れよ。おれ布団敷いてやるよ」

「悟士……」

「明日もゲームやるよな？　裏技教えてやるよ。おれ早く帰ってくるから。学校休んでもいいから――なあ！」

「……ごめん」

アイジンは困ったように小首を傾《かし》げた。悟士の指をそっと袖から剝がす。

悟士は頭を振って、ますますきつく袖に縋りついた。

「行くなよ」

「……悟士……」

「行くなよ！　ほんとは帰りたくないんだろ？　嫌だから逃げてきたんだろ？　おれが守っ

てやるよ。そんなやつ、おれが追っ払ってやるよ！　だから……だから行くなよ、アイジン……！」

「……わかった」

アイジンが、そっと悟士の手を撫でた。

「いいよ。明日もゲームしよう。裏技、教えてくれよ。でも学校サボるのはだめだ。お前が帰ってくるまで待ってるから。ちゃんとこの家で、待ってるから。……な？」

優しい手は、悟士の頭も撫でてくれた。悟士は下を向いた。ぐっと顎を食い縛った。けれども我慢できずに、涙としゃっくりが溢れだした。

わかってた。おれには引き止められない。アイジンは行ってしまうんだ。だって、見ればわかる。こいつはアイジンの大切な人だって、アイジンは、ほんとはこいつが迎えに来るのを待ってたんだって。わかるから。……わかるから。

「おい、赤坂。……赤坂ってば！」

「……えっ？」

「なにボーッとしてんだよ。帰ろうぜ」

え、と頬杖を離して教室を見渡すと、生徒は三々五々、帰り支度をはじめている。悟士の机の周りには、いつもの仲間が五、六人集まってきた。

「ゲーセン行こうぜ、ゲーセン」

「えー、おれカラオケ行きたい。腹減ったし」

「おれもー。なんか食っていい？」

「……いいよ。なんでも」

「やりぃ！」

仲間が盛り上がる中、悟士は力なく溜息をついて、のろのろとコートを羽織った。

あれから、もう三日も経《た》つのに、気がつくとアイジンのことばかり考えてしまってる。

あの、夢のような男にエスコートされ、黒塗りの高級外車であっという間に行ってしまったアイジン。――まるで月に帰ったかぐや姫のように。

どこの誰だったんだろう。どこに住んでて、どんな仕事をしてて、迎えに来たあの男とはどういう関係だったんだろう。

……名前くらい聞けばよかった。

仲間は、今日はどこで遊ぼうかと自分を囲んでわいわいやっている。悟士はまた溜息をつき、ふと、窓際の田辺の席を見た。

田辺は、あれからずっと学校を休んでいる。三日前――悟士の家を訪ねてきた翌日からだ。

だけど川島も柴田も、そして悟士も、クラスの誰も、田辺のことを口に出さなかった。田辺の存在なんか忘れてしまったみたいに。

……そうじゃない。

忘れてなんかいない。みんな。忘れたいんだ。自分たちのしてることを。胸にくすぶってる罪悪感に蓋をしたいだけなんだ。

――卑怯者になりたいのか。

アイジンの言葉が鋭く胸に突き刺さって、ズキンと痛む。この三日、何度も何度も。だけど、田辺に謝る勇気がどうしても出なかった。どんな顔していいのか、なんて云ったらいいかもわからない。ごめんって云って、もし許さないって云われたら。――だめだ。怖くて無理だ。おれにはそんな勇気ない。やっぱりおれは卑怯者なんだ。

仲間のあとにのろのろとついて昇降口を出ると、校門に人だかりができていた。人一倍やじ馬っ気の強い柴田が、なんだなんだと人垣に突っ込んでいく。

「西崎だっ……」

誰かが叫んだ。

「NBAの西崎亘だ！」

わあっと歓声があがる。悟士もぴょんぴょん跳びはねて、ざわざわと増えていく人の頭の向こうを覗いた。

どでかいリムジンに、ダークスーツのガードマン――薄い黄色のサングラスをかけ、黒いダウンコートを着た、ものすごく背の高い男が、遠巻きに取り囲む生徒たちをぐるっと見渡す。その顔を一目見て、悟士は思わずあっ！　と声をあげた。

男は――西崎亘は、大股《おおまた》に悟士たちのほうへ近づいてくる。そして羨望《せんぼう》の眼差しの直中《ただなか》、度肝を抜かれてポカンとしている悟士の前で、立ち止まった。

「赤坂……悟士くんか？」

コクコクと頷く。

「仲直りできたか？」

「………」

「やるよ」

差し出された白い封筒。入っていたのは――。

「これ……」

「すげえ！　スティンガー戦のチケットだ！」

「それもアリーナ席じゃん！」

わあっと仲間が詰めかけてくる。

「そいつで友達と仲直りしろ。おれはちゃんと仲直りしたぜ。今度はおまえの番だ。明日、必ず来いよ」

「ま――待って！　なんで？　どうして……？」

どうして田辺のこと知ってるんだ？　パニクッて目と口をぱくぱくさせる悟士。

すると西崎は、コートのポケットからなにか取り出し、悟士の首にひょいとかけた。

薄汚れた紐。翡翠で彫った、小さな仏像――プラクルアン。

「勇気出せって、〈アイジン〉から伝言だ」

グローブのように大きな手を、ぽん、と呆気《あっけ》に取られている悟士の頭に置く。

「卑怯者にだけはなるな、ってさ」

「……………」

悟士はぐっと下腹に力を入れた。そして、ダッシュで駆け出した。

「おい、赤坂！」

「どこ行くんだよ！　カラオケはっ？」

川島や柴田が後ろでぎゃあぎゃあ喚いていたけれど、悟士は振り返らなかった。チケットを握り締め、息を切らせて、公園を突っ切り、団地の狭い階段を駆け上がる。御守りが胸の上でポンポン弾む。

踊り場で、小さな男の子が、三輪車に乗って遊んでいた。

ところどころへこんだ、緑色の錆《さ》びたドア。

悟士は大きく呼吸を整え、チャイムを押した。

「はーい？」

母親が扉を開ける。ドキドキと鳴る心臓。肺に大きく息を吸い込む。出せ、勇気。

「赤坂です！　田辺くんいますかっ」


「さとしーぃ？　二階にいるんでしょー？　ただーいまー。お土産あるから下りてらっしゃーい」

「すぐ行くー！」

西崎亘のサイン入りポスターを画鋲《がびょう》でドアに留め、何度も窓まで離れては、ちゃんとまっすぐ貼れたか吟味し、やっと「よしっ」と腰に手を当てて呟いてから、悟士は一階に駆け下りた。

リビングルームでは母親が、家政婦に手伝わせて、およそ二週間の海外出張でどっさり買い込んできた土産物だの洋服だのを部屋中に広げていた。

「そのバッグは寝室に片付けてね、ワインはお隣の宮崎《みやざき》さん、それから……ああ、それは悟士、あんたによ」

「サンキュ」

「悟士さん、お夕食はどうしますか？」

「いい。田辺と食ってきた」

「あら出かけてたの？」

「うん。横浜。友達とバスケ」

「そう……まあ、お勉強ばかりじゃなくて、たまには運動もしなくちゃね」

母親は、バスケをしに行ってきたと勘違いしたようだったが、悟士はあえて訂正しなかった。事情を知っている澄江と目を合わせてこっそり笑う。

「留守中、変わったことはなかった？」

「ないよ。ねえ、これチョコレート？　食っていい？」

「それは塾の先生へのお土産よ。そっちの小さい包みのにしなさい」

「悟士っ！　悟士はいるか！」

胡座《あぐら》をかいてオレンジ色の包装紙をバリバリ破いていると、玄関から伯父の声がした。

ただならぬ様子に全員が顔を見合わせていると、いつも沈着な伯父が、角張った顔を真っ赤にして、ドカドカとリビングに踏み込んできた。そのものすごい剣幕に母親が目を丸くする。

「なあに、兄さん。何事なの」

「ああ美津子、帰ってたのか。いや、それどころじゃない。おい悟士！」

「なっ……なに」

「おまえあの方と、いったい、いつ、どこで知り合った、どういう知り合いなんだ、えっ？　どうなんだ悟士っ！」

先日の一件を思い出して思わず身構える悟士に、伯父は、握り締めていた雑誌を突きつけて喚いた。まともに唾を浴び、うえっと顔を背ける。

「あの方？　だれそれ」

「そうよ、なんのことよ兄さん。ちっともわかんないわよ。ちょっと落ちついて。まず靴を脱いだらどうよ」

「しっ……し、し、四方堂の総帥だ！」

伯父の目は血走り、声も肩も頬の筋肉も興奮にわなわなと震えている。

「広域自転車泥棒を逮捕したあの男は、四方堂財閥の総帥、四方堂柾さまだ！」

母親が少し唖然として、付けまつ毛をパチパチさせる。

「四方堂……？　四方堂って、あの四方堂グループの四方堂？」

「そうだ！　あの四方堂だ！　悟士はその方と知り合いなんだっ。そうだな、悟士っ」

「ほんとなの？　あんた、あの四方堂グループ総帥を知ってるの!?」

「しっ、知らないよ。四方堂ってなんだよ」

「これを見なさいっ」

伯父が、くしゃくしゃになった写真週刊誌を広げて目の前につきつけた。

巻頭カラーのグラビア——見慣れたファストフードの店内でハンバーガーとコーラを頰ばる、赤い野球帽、薄汚れたスタジャンの若い男。

「〈若き四方堂グループ総帥、ローマならぬ東京の休日〉——三年前に他界した日本政財界最後のドン、四方堂翁の愛孫であり、現グループ総帥でもある四方堂柾氏が都内某所にて密《ひそ》かにプライベートを楽しむ姿を、本誌記者が偶然ゲット！　氏は文化財保存修復研究国際センター、通称ＩＣＣＲＯＭの職員で、現在も東南アジアで文化財保存に従事しているという、変わった経歴の持ち主。財団の実権を握るのは、四方堂のトップブレーンと呼ばれる、父親の貴之氏。共に独身、〈世界一魅力的な父子〉と呼ばれる二人——花嫁の座をゲットするのは果たして？……」

「兄さん、ちょっと落ち着いて。その人がいったい悟士とどんな関係だっていうのよ。ハンバーガー屋で偶然隣に座っただけでしょ」

「偶然なものか、この方は悟士の知り合いだ。いや、悟士の濡れ衣を晴すために犯人を捕まえてくれた恩人だ」

「ええっ？　悟士、それほんとなの？」

「おまえ、どこでこの方と知り合ったんだ」

家政婦が持ってきた水を一息で飲み干し、どかっとソファに腰を下ろす。

「四方堂家といえば、戦前から政財界に強い影響力を持ち、首相の指名権すらも握っているという家柄だ。悟士、これはすごいぞ。よくやった。さっそく一席設けなければ。悟士、なにぐずぐずしてる。すぐに柾さまと連絡を取りなさい」

「そうよ、悟士。あなたにはピンとこないかもしれないけど、すごいことなのよ。あああ大変っ……なにを着てったらいいかしら！」

「店、店はどこにすればいいんだ。赤坂か、いやそれとも……いやいやいや……」

「美容院とエステを予約してちょうだい！　柾さまっておいくつなの？　年上はどうかしら」

「……人違いだよこれ」

悟士はつまらなそうに、ポイとグラビアを投げ捨てた。

「ええ？　だって写真が……」

「だっから。その写真が間違ってんの！　隣に写ってるのはおれだし、そのきったねえホームレスみたいのは確かに自転車泥棒捕まえたのと同じやつだけど、四方堂のソースイとかホースイとかじゃねーよ。だってあいつ、ヤクザの愛人だもん」

「愛人？」

大人たちは顔を見合わせ、もう一度声を揃えた。

「ヤクザの愛人……!?」

「そっ。黒龍会って暴力団の、デブでハゲで口が臭い水虫のヒヒジジイから逃げてきたんだって。金もないし行くトコなくて困ってたから、二晩うちに泊めてやっただけだよ。ね、澄江さん？」

散らかった包装紙や紙袋を片づけていた家政婦は、はい、と顔を上げた。

「わたしも、アイジンさん…とお呼びしてました」

「ほーらみろ。だいたいさぁ、あんな品のない薄汚いやつ、大財閥の総帥なわけないじゃん。おじさん、どこ見てんだよ。ケーサツの人がそんなんじゃ、市民が困っちゃうよ？」

悟士の鋭い突っ込みに、伯父はぐっと言葉に詰まった。う、ううん、と痰《たん》も絡んでいないのに無意味な空咳を放つ。

「まあ、云われてみれば確かに、あの薄汚い若僧が四方堂ゆかりの人間のわけはないか……。わたしとしたことが早合点だったようだな」

「ママ……母さんもさ、仕事熱心なのはいーけど、もう玉の輿《こし》狙えるトシじゃないだろ。落ち着けよな。それに――母さんが好きな人がいるんだったら、……結婚したっていいよ、おれ」

「い、いきなりなにを云うの」

母親は息子の、最後のほうの小さな呟きに、紙がインクを吸い上げるように喉から耳朶までさーっと赤くなった。

「おやすみっ！」

階段を駆け上がり、自分の部屋のドアに飛び込んだ。

窓辺の机の抽斗《ひきだし》から、皿洗いのアルバイト募集のチラシを取り出して広げる。それから、写真週刊誌から丁寧にカッターで切り取ったグラビアを、クリアファイルから取り出した。目深に被った野球帽、汚いスタジャンにジーンズ。――四方堂グループ総帥四方堂柾、より、やっぱり、〈アイジン〉のほうがずっとピッタリだ。

今度会ったら、話したいことが山ほどある。田辺のこと、バスケが好きになったこと、西崎亘のこと……それに、御守りのこと。ありがとうと、ごめんなさいも。

中庭の桜の上に、銀色のきれいな半月。アイジンも今頃どこかでこの月を見ているだろうか。

悟士は月を眺めて頬杖をついた。バイト代を貯めたら、東南アジアのジャングルの奥地まで、いつかきっとアイジンに会いに行く、その日を夢見て。

カササギの夜　Ⅱ

デジタルカメラが動画モード設定に入っているのを確認して、柾《まさき》は左手を軽く上げ、スタンバイオーケーのサインを送った。

午後九時、古都金沢《かなざわ》一の繁華街はまだまだ賑《にぎ》やかだ。

セレクトショップやカフェが並ぶメインストリート。さざめきながら歩いてきた若い女性のグループやカップルたちが、そこへ来ると皆一様にギョッとした顔になり、「なんだあれ」「罰ゲーム?」と指をさしてクスクス笑いながら通り過ぎていく。

……だよなあ。七月にモコモコの白いセーターを着て立っているだけでも注目を浴びるのに、そのセーターときたら、胸の真ん中に大きなピンク色のハートのアップリケ。トドメに「タケシ&カズエ　ラブフォーエバー」の大きな刺繍《ししゅう》入り。英字より文字数が少ないからカタカナにしたそうだけど、おかげで破壊力抜群だ。

おまけに左右の袖《そで》の長さも違っていて、右袖は七分丈、左はだらんと脹《ふく》ら脛《はぎ》まで垂れている。編み目は不揃《ふぞろ》い、あちこちぼこぼこ穴だらけだ。

そんなセーター姿で、メインストリートのど真ん中で注目を集めまくっている藤倉和江《ふじくらかずえ》の夫君は、柾が構えたビデオカメラに向かって、大声を張り上げた。

「和江ーっ!」

突然の雄叫《おたけ》びに何事かと立ち止まる通行人にも構わず、顔を真っ赤にさせて叫んだ。

「寂しい思いさせて悪かった!　これからは、ちゃんと電話もする!　休みはおまえの顔を見に帰る！　愛してるぞーっ！」

「いやー……参った。こんなに恥ずかしい思いしたのは、大学の新歓コンパで裸踊りさせられて以来だよ」

セーターを脱ぎ、疲労困憊《こんぱい》した顔つきで路沿《みち》いのベンチに座り込んだ藤倉は、首回りの汗をハンカチで拭《ぬぐ》った。

いくら北陸の夜とはいっても七月。手編みの分厚いセーターを着るのは遠慮したい気温だ。もっとも、顔が赤いのは暑さのせいばかりじゃないだろうけれど。

柾は自販機で買ってきたアイスコーヒーを、藤倉に手渡した。

「お疲れさまでした。ビデオ、明日の朝イチで届けますね」

「ありがとう。君にも悪いことしてしまったな。わざわざ東京からこんなことのために来てもらって……」

「いえ、これもなにかの縁ですから」

それに、和江にこのアイデアを持ちかけたのは柾だ。さすがにセーターを着せるのまでは考えていなかったけれど、どちらにせよ、果たして見も知らない青年から突然「香林坊《こうりんぼう》の真ん中で愛を叫んで下さい」と云《い》われて、ハイハイ喜んでと要望に応《こた》えてくれるかどうか、列車の中でずっと頭を悩ませていたのだが。

「和江から聞いたよ。熱中症で倒れたあいつに、救急車で病院まで付き添ってくれたんだそうだね。もし誰もいないところで倒れてたら……考えただけで背筋が凍るよ。改めて、本当にありがとう」

藤倉は膝《ひざ》に手をつき、深々と頭を下げた。

柾が会社で残業中だった彼を訪ねる前に、すでに細君から連絡が入っていたらしい。断ったら二度とうちの敷居を跨《また》がせないからね、と脅されたと苦笑いしていた。

単身赴任は半年目。ちょうど妊娠がわかった頃で、身重の彼女を実家に里帰りさせ、金沢の独身寮に住んでいる。毎日外食と出前ばかりで五キロも体重が増えたと、ぽっこりと丸い下腹を撫《な》でた。

優しそうな旦那《だんな》さんだ。彼女より少し年上だろうか。黒縁眼鏡の目もとに笑い皺《じわ》ができる。

「五キロも肥えたなんて云ったら、あいつに怒られるなあ……せめて一日一食はちゃんと自炊するようにって、簡単なレシピ集まで作ってくれたのに、このていたらくだもんな」

「お仕事、忙しいんですか？　今日も残業だったんですよね」

「うん、こっちで任された新しいプロジェクトがようやく軌道に乗ってきたところでね。毎日終電、朝イチ出社が当たり前だったから、あいつからの電話もつい後回しになっちゃって……」

缶コーヒーをゴクリと一口飲み、溜息《ためいき》をつく。

「まあ、こんなことで気が晴れるならいくらだってやるけど、しかしまさか初対面の君を巻き込むなんてなあ。東京からここまで五時間はかかるだろ？　飛行機？」

「いいえ、特急乗り継いで。それにこれはちゃんとした仕事ですから。おれ、これなんで」

着ていたツナギを引っ張って見せる。胸もとの刺繍——〈愛を運ぶ　カエル・エクスプレス〉。愛かあ……と、藤倉は照れ笑いを浮かべた。

「それにしても、このセーターはひどいな。アップリケっていうんだっけ、これ。久しぶりに見たよ」

「公園で会ったときも、奥さん、編み物してました。そのセーター、ほんとはバレンタインのプレゼントのつもりだったけど、間に合わなかったって」

「あいつぶきっちょだからなあ。ボタン付けもまともにできないのに、セーターなんて無理って云ったんだよ。そしたらムキになっちゃって。それ、最初はクリスマスのプレゼントだったんだ。それがバレンタインも過ぎちゃって、そのうち編み物してるところを見なくなったからてっきり諦《あきら》めたんだと思ってたんだけど」

と、改めてセーターを拡《ひろ》げて苦笑いする。

「この袖、いくらなんでも長すぎだろう。せめてこっちだけでも解《ほど》いて長さを揃えればいいのになあ」

「……解けなかったんじゃないですか？」

ぽつりと呟《つぶや》いた柾を、藤倉が不思議そうに見遣《みや》った。

「解けなかったって……どういうこと？」

「あ、いえ……そのセーター、ほんとは一回諦めてゴミに出そうと思ってたんだけど、単身赴任になってからまた編みはじめたって云ってたんです。きっと、遠くに離れてる藤倉さんのことをたくさん考えながら編んでたんですよね。今頃どうしてるのかなーとか、ちゃんと食べてるかなーとか、仕事無理してないかなーとか。……それでそんなに袖が長くなっちゃったんじゃないかと思って」

逢《あ》いたいの……堰《せき》を切ったように零《こぼ》れた涙。膝に抱いた白いセーターに滴《したた》り、染み込んだ。胸が締め付けられるようだった。まるで、自分の言葉を聞いたみたいで。胸の奥にしまっている想いが、溢《あふ》れ出してしまったみたいで。

だから、どうしても、見ないふりはできなかった。

「風邪引いたりしてないかなーとか……今日も留守電だったなーとか……。たまに電話で声聞いても、ほんとに元気なのか、無理してるんじゃないかって心配になったり、早く逢いたいけど、そんなこと云ったらまた無理するんじゃないかって心配で云えなかったり……元気でいますように、早く逢えますように、って一日一日、想いを込めて編んでたから、おかしいのはわかっってても解けなかったんじゃないかって……あ……すみません、おれの勝手な想像ですけど」

「……いや」

藤倉は膝の上に丸めた白いセーターを、愛《いと》おしむように優しく撫でた。五キロ太ったという彼の左手の薬指には、プラチナの指輪が少しきつそうに嵌《は》まっていた。

「そうだな……そうかもしれない。それくらい、寂しい思いをさせちゃってるんだよなあ……」

「すみません、おれなんかが偉そうに」

「いやいや、むしろお礼を云うよ。おかげで、あいつの気持ちが少しわかった気がするから」

藤倉は溜息をつき、夜空を見上げた。

「おれね、これから家族が増えるんだから、大黒柱としてしっかり稼がないと、って気張ってたつもりだったんだよ。なのに、一番大事な人を不安にさせてたんだな。一人でも大丈夫、なんてあいつの強がり鵜呑《うの》みにして……なんだか情けないな。実家にいるし、電話じゃいつも元気だし、安心しきってたんだ。実際、そばにいたってしてやれることなんて知れてるしなあ。せいぜい洗濯とか風呂掃除くらいで……」

「……それでも……いてくれるだけで、勇気になります」

そばにいてくれるだけで。ただそれだけで。

——貴之《たかゆき》……。

胸の奥から、なにかが溢れそうになった。柾も顔を上げた。イルミネーションがきらめくビルに四角く切り取られた夜空は小さく、星も見えなかった。

＊＊＊

「岡本《おかもと》柾様は、まだチェックインされてらっしゃらないようです。予約の際のお電話では、午後十時前後に到着予定と承っておりますが」

コンシェルジュの言葉に、貴之はちらりと左腕の腕時計を見やった。——七時半。おそらく柾が到着する頃は、まだ会食の最中だろう。

金沢駅に隣接するホテルに残されていた、佐倉悠一《さくらゆういち》からのメッセージ。「七夕《たなばた》のプレゼントをお届けします」——添えられた四桁の番号がなにを意味するかは、すぐに気付いた。

滞在先は教えなかったから、金沢市内にある系列ホテルに当たりをつけたのだろう。なかなか粋《いき》な計らいをしてくれる。いや、それとも貴之の自制心への挑戦状か。成田《なりた》で偶然再会した恋人の親友は、柾に会わずに帰ることをずいぶん憤慨していた。

自分の部下よりも歳若《とし》い青年から、ああも真《ま》っ直《す》ぐ意見されたのは初めてだ。小気味良いと思う一方、恋人が誰よりも信頼を寄せる「親友」に対して、ふつふつと沸き上がってくる別の感情もあった。

まったく、我ながら大人気ない。二人の友情に嫉妬して、自分と柾の結びつきの深さを誇示するためにプロポーズのことまでひけらかすとは。どうも柾のこととなると冷静さを失ってしまう。この四方堂《しほうどう》貴之ともあろうものが――だ。

「貴之様」

秘書の中川《なかがわ》が近付いてきた。ニューヨークに更迭《こうてつ》されてからも、変わらずに貴之の右腕を務めている。

「そろそろ参りましょう。急ぎませんと、この時間市内は渋滞しますので」

「わかった。先に車を回しておいてくれ」

貴之が立ち上がると、コンシェルジュも見送りに席を立った。

「岡本様がご到着になりましたら、ご連絡いたしましょうか？　もしご伝言があれば承りますが」

「ありがとう、だが結構だ」

おそらく悠一は、まだ貴之の帰国を柾に知らせていない。だから柾のルームナンバーをこちらに教えてきたのだ。親友の誕生日サプライズのために。

だが、あの頑固で意地っ張りな恋人のことだ。おそらく、貴之が同じホテルに宿泊していることを知っても、連絡してはくるまい。翁《おう》の許しなく逢うことはないと啖呵《たんか》を切っておきながらチェックインを確かめてしまう貴之とは違い、あの子は律儀に約束を守ろうとする。そして同じホテルにいながらベッドの中で一人、眠れずに一夜を明かすだろう。

――知らせないほうがいい。

「……あれは?」

貴之は、ふと吹き抜けのロビー中央に目を留めた。

数メートルもの大きな七夕飾りに、ホテルスタッフが脚立を持ち込んで作業をしていた。すでに大量の短冊の重みでしなった笹《ささ》に、さらに飾りつけを増やそうとしているらしい。

「ご宿泊のお客様に書いていただいた短冊です。昨年からはじめた試みですが、なかなかに好評で」

「そうか……今日は七夕だったな」

「展示は今日一杯ですが、お預かりした短冊は、皆様の願い事が成就することをお祈りして後日市内の神社に奉納させていただきます」

たくさんの色とりどりの短冊が、笹の葉に結ばれている。回転ドアの前で時間を気にして待っている秘書に軽く手を挙げて見せ、貴之はコンシェルジュに向き直った。

「すまないが、ひとつ頼まれてくれないか――」

＊＊＊

「ビデオ、やっぱり自分で届けることにするよ」

缶コーヒーを飲み終えると、藤倉はどこかすっきりとした顔でそう云った。

「いまからなら夜行バスに間に合うから、東京には明日の七時かな……とにかく、半休でも有休でももぎ取って、あいつの顔を見にいってくるよ」

「そうしてあげてください。和江さん、すごく喜ぶと思います」

柾はデジタルカメラを藤倉に託した。もともと和江からの借り物だ。ここまでの配達料は、後日改めて精算することにした。もちろん請求書は片道の交通費のみだ。

「そうだ、××ホテルって場所わかりますか？」

「そこなら、確か金沢駅のコンコースから直通だったと思うよ。ここから駅までバスが出てる。しかしずいぶんいいところに泊まるんだね。結構するんじゃない？」

「友達が奢《おご》ってくれたんです。金沢行くって話したら、一泊してこいって……今日、誕生日だったんで」

「ええ？　誕生日？　そりゃ悪いことしちゃったな。なにか予定があったんじゃ……」

「気にしないで下さい、べつにたいした予定もなかったし。それより、時間だいじょうぶですか？」

「あ、そうだ、一度会社戻らないと……それじゃ、ぼくはこれで。今日はどうもありがとう。

あ、それと誕生日おめでとう！」

「ありがとうございます、気をつけて！」

急いでタクシーに乗り込んでいった藤倉を見送ると、突然キンッと耳鳴りがした。ひどい眩暈《めまい》。柾はふらふらとベンチに座り込んだ。

頭がガンガン締め付けられる、呼吸が速い。胸が苦しい。

……きた……今頃っ……。

ポケットを探ってタブレットケースを取り出す。中身は軽い安定剤。震える指で一錠、口に放り込む。べったりした冷たい汗が服の下に噴き出す。

だいじょうぶ、いつもの発作だ。これくらい、なんてことない。ちょっと乗り物に当たっただけだ。過呼吸も起きてないし、すぐに薬が効いてくる。息は吸うより、吐くことを意識すること——心理療法士のアドバイスを思い出しながら、ゆっくり、浅く呼吸をくり返す。

だいじょうぶ……ここは地上だ。ちゃんと足は地面についてる。

ここは、船の中じゃない。周りは海じゃない。新鮮な空気もある。誰もおれを閉じ込めたりしない……おれはちゃんと、生きてる。

……生きてる。

ふーっと、細く、長くゆっくりと息を吐き出した。

やがて少しずつ呼吸が整い、胸と頭の痛みも次第に楽になってくる。コーヒーを一口、口に含む。指はまだ小刻みに震えていて、零さずに口に運ぶのは難儀だった。

「……はあー……」

甘いコーヒーを呑《の》み込んで、震える指先を見つめる。

……やっぱ、新幹線はまだダメかあ……。

あの事件以来、窓の開かない乗り物は苦手だ。飛行機、新幹線、エレベーター……今日はデッキをうろついたり、停車駅でホームに下りて新鮮な空気を吸ったりして気を紛らわせていたし、発作は起きなかったから油断していた。たぶん、藤倉に会うまでずっと気を張っていたのが、一気に緩んだせいだろう。新幹線と特急の乗り継ぎは、思っていたよりダメージが大きかったようだ。

でも、車内で吐かなかっただけマシになってるってことだよな、うん。前は、地下鉄に乗っただけで気分悪くなってたし――それに、ちゃんと任務《ミッション》も遂行できた。

和江さんの喜ぶ顔が目に浮かぶようだ。カササギなんて雅《みやび》なもんじゃないけど、少しでも役に立てたならここまで来た甲斐《かい》があった。あの人の涙は、他人事《ひとごと》とは思えなかったから。

……自分のことを、云ったんだ。

ちゃんと食べてるか、仕事を無理してないか、風邪引いてないか。電話で声を聞いても、無理をしてるんじゃないかって心配になる。本当は逢いたいのに、逢いたくて逢いたくてたまらないのに、強がりばかり口にしてしまう。

――逢いたいんじゃないのか？　年に一度の誕生日くらい。

……当たり前だろ。

逢いたいよ。いますぐにだって飛んでいきたいよ。本当は約束なんてどうだっていい、そんなもの守りたくない。だけど、自分にそう言い聞かせていないと、寂しさで心が引き千切られてしまいそうなんだ。

ベンチに腰を下ろしたまま、柾はぼんやりと通りを行きかう人々を眺めた。青々と繁った欅《けやき》の葉が、初夏の湿った風に揺れていた。

バスを降りて、ホテルにチェックインする前に近くのコンビニに寄った。夕食の弁当と替えの下着をカゴに入れる。靴下は……いいか、洗って干せば。ツナギの下のTシャツも洗って干しておけば、明日の朝には乾いてるだろう。

そういえば、駆け落ちしたとき、下着や靴下までクリーニングサービスに出そうとする貴之にびっくりしたっけ。貴之は貴之で、バスルームで下着と靴下を洗う柾にびっくりしていた。まあでも確かに、あの貴之が靴下を手洗いしてるところなんて想像できないけど。

……懐かしいな。去年のことなのに、もうずっと昔のことみたいだ。

コンビニを出てコンコースを少し歩くと、ホテルの直通エスカレーターがあった。

エレベーターじゃなくて助かったな……と思いながら上がっていった柾は、姿を現したホテルのエントランスに、思わず「うわ……」と声を漏らした。

ライトアップされた重厚な金色の回転ドア。電飾がきらめく植え込み。ガラス張りの壁の向こうは、大理石の広いロビーだ。

藤倉がずいぶんいいところにって驚いてたからビジネスホテルじゃないとは思ってたけど、悠一のやつ……こんな高級ホテルなら一言云っとけっての。こんなツナギ姿で、業者は裏に回れってつまみ出されたらどーすんだ。

それに、「兼六園《けんろくえん》の限定ペナント買ってこい」とかつまらない口実つけずに、素直に誕生日プレゼントだって云えばいいのに。きっとあいつのことだから列車で気分が悪くなるのを見越してたんだろう。だいたいペナントなんて集める趣味ないだろ。それどころか、土産物コーナーによくある地名入りのキーホルダーだってばかにしてるくせに。

でも、悠一はそういうやつだ。皮肉屋っぽくクールに振る舞っているけど、本当は誰より人の気持ちに敏感で、情に厚い。

高校のとき担任に頼まれた及川《おいかわ》のことも、なんだかんだ云いつつちゃんと面倒をみていたし、柾の休学中、授業のノートを取っていてくれたのも悠一だ。休学が長引いて留年処分になりそうになったときも、悠一がクラスの意見を取り纏《まと》めて校長に処分の撤回を掛け合ってくれたらしい。大学でも周囲の悪意や好奇心から、柾をさりげなく庇《かば》ってくれている。週刊誌で取り沙汰《ざた》されたときからある程度覚悟はしていたつもりだったが、正直、四方堂グループの名前がこれほど影響力があるとは思っていなかった。なにより、仲の良かった高校時代の友人との間に溝ができてしまったことは、さすがの柾もかなり堪えた。

「あれ……大木《おおき》？」

——あれは、大学入学から間もなくの連休だ。バイト先のカラオケ屋で、ばったり高校の元クラスメイトだった大木に会った。

「久しぶり！……でもないか、卒業式以来だよな。元気？」

フロントで受付業務をしていた柾に、大木はかなり驚いた様子だった。

「オカ、なにやってんの、こんなとこで……」

「なにってバイトだよ。えーと、何名様でご利用ですか？　会員カードはお持ちでしょうか？」

言葉遣いを正し、モニターで空き部屋をチェックする。

「あ……部屋は予約して……ます。もう他のやつらも来てると思うんで、直接部屋行きたいんですけど……」

「ご予約の名前は……では三〇五号室です。ごゆっくりどうぞ。——あ、大木！」

早足にエレベーターへ急ぐ背中に声をかける。

「今度、久しぶりに皆で集まろうぜ。ここバイト特権でちょっと安くなるんだ」

振り向いた大木は、なんとも云えない顔つきで曖昧《あいまい》に頷《うなず》き、エレベーターに乗り込んでいった。そこに、バックヤードで所用をすませたチーフが戻ってきて、「友達にドリンク一杯サービスしていいよ」と云ってくれた。

「えっ、マジですか?」

「オカくんにはいつもシフトで無理きいてもらっちゃってるからね。おれの奢り」

大木の好みは知っている。真冬でも氷多めのカルピスソーダだ。ジョッキにぎゅうぎゅうに氷を詰めたカルピスソーダを作って、予約した部屋の前まで行くと、少しだけ開いたドアから声が漏れてきた。

「うっそ、岡本くん、ここでバイトしてんの!?」

女の子の声。ドキッとして、ノックをする手を止めた。

デートかな。邪魔したら悪いかな……と少し躊躇《ためら》っていると、

「なんで? だってあいつ働く必要なんかないだろ?」

別の声がした。島田《しまだ》だった。悠一や大木といつも一緒につるんでいたクラスメイト。

「そういえば高校のときもバイトしてたよな。いっつも金ないっつって、だまされたよ」

「社会勉強ってやつだろ。四方堂の御曹司だもんな。おれらとは住む世界が違うよ」

「あーあ、おれも四方堂に生まれたかったなあ。そしたら一生安泰だったのに。いいよなー、あいつ。大学もほんとは裏金で入ってたりして。ずっと休学してたのに×大経済学部ってお

かしくね？」

「えーでも、あたし狙《ねら》っちゃおうかな」

「なんでよ、あんた本命は佐倉《さくら》くんでしょ？」

「だってあの四方堂グループだよ？　コネ作っといて損ないじゃん。ねえ、バイトって何時までかな？　ここに呼ばない？」

「やめろよ、せっかく楽しいのにあいつが来たら台無しだろ」

大木が云った。

「おれの親父、四方堂系列の銀行で働いてんだよ。兄貴のとこも四方堂グループだしさ……島田もそうだろ？　上司の息子のご機嫌取りなんて冗談じゃねえっての」

――傷付いた、ってわけじゃない。

大木たちに悪気があったわけじゃない。おれに聞かせようと思って云ったわけじゃない。皆でカラオケで楽しんでいるときに変に気を使いたくない気持ちもわかるし、同じ立場なら、自分も同じことを思ったかもしれない。でも、その部屋をノックする勇気は柾にはなかった。

あのときのことは、誰にも話していない。貴之にも、もちろん悠一にも。

なのに、悠一はなにか察したんだろう。何度か大木や島田の誘いを断っているのを見た。「合コンの頭数合わせはごめんだ」とか云っていたけれど、それだけが理由とは思えない。自分のせいで悠一まで友人たちと疎遠になるのは申し訳ないと思う一方で、悠一の存在は、柾にとって大きな支えだった。

貴之と引き裂かれて、電話で声を聞くことすら儘《まま》ならなくて……もし悠一まで離れていってしまったら、きっと立ち直れなかっただろう。

考えてみたら、あいつは一度も態度を変えたことはない。四方堂一族との関係を知っても、貴之との関係を打ち明けた後も。「そうか」ってまるで興味ないって顔で「で、昼メシなに食う?」——あんまり普通で、拍子抜けしたっけ。でも、そういう悠一だからこそ、なにも隠さずにつき合ってこられたんだ。

……貴之も、あったのかな。同じような経験をしたことが。

貴之が祖父——四方堂翁の養子になったのは、十二歳の時。小学校卒業を待たずイギリスに留学し、一年後、正式に四方堂の総領として認められた。留学は、将来の四方堂グループの後継者として必要な教養を身につけるためと、貴之が後継者に相応《ふさわ》しいか否かを見極めるためのテスト期間でもあったらしい。不必要と判断されればいつでも放り出せるように、しばらくは籍を入れなかったのだ。

親元を離れて、誰も知らない外国で、後継者として認められるために一人で闘っていた貴之。正式に養子になると、周囲の扱いはそれまでと一変したはずだ。辛く、嫌な思いをしたこともあっただろう。色眼鏡で見られて、嫉妬《しっと》に陰口、一挙手一投足を注目されて。遠巻きにされ、孤独を感じたことだってあっただろう。

……そばにいたかったな。

いま貴之や悠一がおれを支えてくれているみたいに、できるなら、おれも貴之の支えになりたかった。辛いとき、悲しいとき、一緒に受け止め乗り越えたかった。叶《かな》うはずのない願いだとしても。

……逢いたいな……。

一目だけでいいから顔が見たい。キスしたい。両手で貴之の体を抱き締めて、何度も何度もキスしたい。電話じゃなく、一緒に熱いコーヒーを飲みながら、ソファに寝そべって話がしたい。貴之の匂いに包まれて、あの温かい胸の中で眠りたい――

柾は溜息をついた。いつまでもここにぼんやり突っ立っているわけにはいかない。

回転扉に手をかけ、ロビーに足を踏み入れると、ある物が柾の目に飛び込んできた。

吹き抜けのロビーに飾られた、見上げるほど大きな七夕飾り。

いったい何メートルあるんだろう。色紙で作った輪飾りや、色とりどりの短冊。ロビーは照明が絞られていて、幻想的にライトアップされている。

「こんばんは、いらっしゃいませ」

見とれていると、奥から近付いてきたスーツ姿の紳士が、穏やかに笑いかけた。

「ご宿泊でございますか?」

名札にコンシェルジュと書いてある。カエル色のツナギの柾は、思わず小さくなった。とりあえずよかった、つまみ出されなくて。

「あ、はい、予約をした岡本柾です。……すごく綺麗《きれい》ですね。こんな大きい七夕飾り、初めて見ました」

「ありがとうございます。短冊には、ホテルにおいでいただいたお客様の願い事が書かれているんですよ」

そう云われてよく見ると、笹の葉に結ばれた短冊は、ひとつひとつちゃんと願い事と名前が書いてある。ただのディスプレイじゃなかったのか。

「よろしければ、岡本様もいかがですか？　なにか願い事を書かれてみては」

「……願い事……」

「どうぞ、こちらをお使い下さい」

用意よく差し出された短冊とペンを受け取り、柾は少しの間そこに立っていた。

笹の葉に結ばれた、たくさんの願い事たち。今日、病院で会った子供たちも様々な願い事を短冊に書いていた。子供の頃は柾も書いた。サッカーで一番になれますように、お小遣いがあがりますように……。

でも——いまはもう、知っている。短冊に書いただけじゃ、願いは叶わないってことを。

＊＊＊

取り引き先との会食を終えてホテルに戻ったのは、十時を回っていた。

ロビーはほとんど人気《ひとけ》がなく、フロントで若いビジネスマンが一人、チェックインの手続きをしているだけだった。秘書を先に部屋に行かせ、七夕飾りを眺めていると、先ほどのコンシェルジュがフロントの奥から出てきた。

「お帰りなさいませ、四方堂様」

「ああ。出かける前に頼んでおいた件だが、どうだった。彼の短冊は？」

「いえ……実は、短冊はお渡ししたのですが、なにも書かずにお帰りになりました」

「……帰った？」

「はい、急用ができたとおっしゃって、宿泊もキャンセルされて」

二つ折りにした短冊を貴之に差し出す。

「しばらくここに立って考え込まれたあと、一度なにか書きかけたようですが、急に思い直されたご様子で……」

貴之は短冊を開いた。そこにはまだ文字の形にもなっていない、小さな横長の四角形が書き込まれているだけだった。

＊＊＊

『はあ？　キャンセルした？』

夜の金沢駅のバスターミナルは、思っていたより多くの深夜バス利用客で混雑していた。ひょっとすると藤倉と会えるかなと思ったが、東京方面へは便数も多く、残念ながらそれらしき人影は見当たらないようだ。もっと早い便で発ったのかもしれない。

「うん、ホテルには行ったんだけど、まだチェックインしてなかったし、キャンセル料は特別に無料でいいって。ラッキーだった」

チケット売り場で教えてもらった発着場を探しながら、悠一に答える。バイトのために仕方なく持った携帯電話だけど、こういうときは便利だ。

『ホテルになにか伝言とかなかったか？　誰かおまえを訪ねてきたとか……』

「あるわけないだろ、あのホテルに泊まること知ってるの、おまえだけなんだから。横浜《よこはま》の家には悠一のとこに泊まるって連絡したし」

そうか……と悠一はなにか考え込んでいるようだった。

『……わかった。で？　深夜バスで帰ってくるのか？』

「うん、十時半の便チケット取れたから。だからペナント買えないや、悪い」

『ああ……べつに。例のミッションがうまくいったんならよかったな。とりあえず気を付けて帰ってこいよ。あんまり無理するな』

「ん、サンキュ。あとホテル無駄にしちゃってごめん。で、おれしばらく大学休むよ。このまま貴之に逢いに行くから」

『そうか、気をつけて……ってちょっと待て、どこ行くって？』

「ニューヨーク」

小松《こまつ》空港からニューヨークへの直行便は出ていない。長距離バスで東京に戻って成田からが、たぶん最短最安ルートだ。

「あんな大口叩《たた》いたけど、やっぱ撤回する。おれ、いまどうしても貴之に逢いたい。だから行ってくる。あ、土産にヤンキースのペナント買ってくるから」

『だからペナントから離れろ……っていうかちょっと待て、貴之さんは――』

「あ、悪い、もうバス乗らないと。またな、帰ったら電話する」

『待て、乗るな、いますぐ降りろ！　貴之さんはいまっ……』

「柾！」

雑踏の中から、その声だけは、はっきりと耳に届いた。

携帯を片手にバスのタラップに片足を掛けたまま、柾は振り返った。

聞き間違えるはずがない。よく通る、心地のいいテノール。この世で一番好きな声。

「……柾っ……！」

——一瞬。世界のすべてが止まったみたいだった。

夢を見てるんだと思った。だって、ここにいるわけがない。あんなに息を切らして、必死な顔で人を掻《か》き分けて走ってくるわけがない。

けれど、その声がもう一度はっきりと柾の名前を呼んだ瞬間、柾はタラップを蹴《け》って、迷いなく両腕を伸ばしていた。この世で一番愛する男の胸に飛び込むために。この世で一番愛する男を、強く抱き締めるために。

ドアが閉まる時間ももどかしく、抱き合って激しいキスを交わした。

乱暴に互いの服を脱がせあい、膚《はだ》を、髪を、唇をまさぐる。ベッドまでとても待てなかった。噛《か》み付くようなキスをしながら貴之の太腿《ふともも》に腰を擦《す》りつけてはしたなくねだり、じかに触れてきた熱い掌《てのひら》に包まれて、あっという間に昇り詰めた。

それでもまだ全然足りずに、その場に跪《ひざまず》いて貴之を咥《くわ》えた。

直接の刺激に貴之が低く呻《うめ》き、壁に凭《もた》れて柾の頭に手を添える。それはすぐに口に余るほど大きさと硬度を増し、顎《あご》に唾液《だえき》が滴った。苦しい。それでもしゃぶりつくように舌の腹を擦りつけ、ゆっくりと顔を前後させる。

時折、貴之が切なそうな息をつき、髪を摑《つか》むのが、嬉しい。もっと感じてほしい。おれの口で、舌で。

「……だめだ……離しなさい。柾」

やだ。このまま。飲みたい。

「柾……っ」

強引に引き剝《は》がされ、その場に俯《うつぶ》せにされた。入口に熱い塊《かたまり》がじわりとめり込む。そのまま二度三度揺すり上げられ、奥まで貫かれた。

「あ……あああっ」

反射的にずり上がろうとする体を押さえ込まれ、根元まで埋め込まれる。柾は目の前のテーブルの脚を摑んだ。締め付けのきつさを宥《なだ》めるように貴之が軽く腰を揺すると、たったそれだけで、目も眩《くら》むような快感が火花になって瞼《まぶた》の裏側にスパークした。

「あ……あ……」

挿《い》れられただけでこんなに早く二回目の射精をしたのは初めてかもしれない。こんな性急な貴之も。

貴之は余韻にびくびくと痙攣《けいれん》をくり返す柾に容赦なく腰を打ち付け、下腹に付きそうなほど勃起したものを指で扱《しご》いて、さらに追い詰めていく。繫《つな》がったまま背中に何度もくちづけられ、片方の手で乳首をきつく嬲《なぶ》られ、柾は腰をくねらせ先走りで貴之の手を汚した。

「あぁぁっ……ん、ああ、またっ……」

立て続けにいったばかりの過敏な体に、受け止められないほどの大きな快感の波が何度も押し寄せてくる。体を支えていられず、腰だけを上げた姿勢で絨毯《じゅうたん》に爪《つめ》を立て、ただ責められるまま声を上げ続けた。唇から溢れた涎《よだれ》が喉《のど》に伝う。砕けたように力が入らない腰を返され、前から再び貫かれた。

声も出ないほど深く、貴之が入ってくる。

膝裏を抱え上げられ、荒々しく揺さぶられながら薄目を開けると、男の美しい顔が目の前にあった。乱れた呼吸。汗ばんだ額。余裕のない、餓《う》えた獣のような眼差《まなざ》しに射貫《いぬ》かれ、カアッと頭の芯が灼《や》かれる。

「貴之っ……たかゆきっ……」

「柾っ……」

伸ばした手を、貴之が強く握り返した。ぴったりと掌を合わせ、指を絡ませあう。

本当にここにいるんだ——この指も、眼差しも、夢じゃないんだ。

愛してる。

想いが胸に溢れた。愛してる。愛してる。貴之。

「ああ、いい、あ、あっ、いくっ……」

貴之のリズムが速まる。柾が三度目の絶頂に腰を震わせると、荒く息をつく唇を唇で塞《ふさ》ぎ、舌を絡ませあったまま、締め付ける体の奥で貴之も爆《は》ぜた。そして射精の余韻も引かぬうちに、今度は味わうようにゆっくりと抽挿を再開した。


少しの間、気を失っていたらしい。

気がつくと、シーツにくるまってベッドに横たえられていて、腕枕をしてくれていた貴之が、甘い眼差しで柾を見つめていた。こんなとろけそうな目で寝顔を見つめられていたんだと思うと、むず痒《がゆ》いような、恥ずかしいような幸福感で胸が満たされていく。

どちらからともなく唇を重ねる。シーツの下に潜り込んだ手が、腰や太腿を羽のように愛《あい》撫《ぶ》している。まだシャワーも浴びてないのに、なんて抗議はいまさらだ。この時間を一瞬でも無駄にしたくない。ほんのわずかでも互いに離れていたくなかった。

「なんで、おれがあそこに、いる、って……」

わかったのか、とキスの合間に尋ねる。

再びホテルに戻る間に、貴之が出張でこの街に来たこと、悠一から柾が同じホテルに宿泊することを聞いていたのはわかったけれど、どうして深夜バスのターミナルにいることがわかったのだろうか。

貴之はベッドの下に手を伸ばすと、脱ぎ捨てた上着のポケットから、二つに折り畳まれた白い紙を引っ張りだした。

「これ……」

おれの書きかけの短冊……?

「コンシェルジュに、おまえに願い事を書いてもらうように頼んでおいたんだ。誕生日のプレゼントはもう用意してあったが、それとは別になにかわたしに叶えてやれることがあれば……と」

「でも、こんな書きかけで……?」

「書きかけていたのは、わたしの名前だろう?」

短冊には、小さな横長の四角形がひとつ。書きかけてやめた「貴」の字。

「だが、途中でやめてしまった。短冊に書いてお祈りするより、自分で願い事を叶えようと思って続きを書かなかったからだ。金沢からニューヨークに行くには、一旦東京に戻って成田か、名古屋《なごや》か関空まで出るかだが、どちらにせよこの時間にホテルをキャンセルしたのなら深夜バスだろうと当たりを付けた。わたしの推理は間違っているかな?」

「間違ってない、けど……おれの願い事……わかるの……?」

貴之は甘い笑みを浮かべ、前髪を掻き上げて額にキスした。

「〝貴之に逢いたい〟。……そうだろう?」

柾は何度も頷いた。大きな手を取り、その掌に頬《ほお》を擦りつける。

「最初は……貴之に逢えますように——って、書こうと思ったんだ。でも、〝逢えますように〟じゃ足りないって思った。ようにじゃなくて、貴之に逢いたい、なんだ。貴之に逢いたい、絶対逢うって、そう思ったらじっとしてられなくて」

「ああ」

「約束のことなんか頭から吹っ飛んで、とにかく成田に行こうって……パスポートはいつも持ってるんだ。いつでも会いに行けるように。それで、バスに乗ったら」

「……ああ」

「……乗ったら……」

声が震えた。

息を止める。泣きたくなかったのに、堪《こら》えきれずに涙が溢れた。

泣き顔を見られたくなくて、枕に埋《うず》めようとした頬を、貴之が優しく撫でた。その指の温かさ、仕種《しぐさ》の懐かしさに、次々と涙が溢れてしまう。

「っ……ごめん……貴之っ……。バレたらまた貴之の立場、悪くなるかもしれないのに、おれ……っ……」

「ばかなことを」

頬を伝う涙を、唇で何度も優しく吸い取る。

「おまえが一言逢いたいと云えば、いつでも、どこにいても飛んでくる。わたしの立場など犬にでもくれてやるさ。おまえが望むなら、翁との約束もいまこの場で反故《ほご》にして、二人でどこか遠くへ行ってもいい。以前に云ったはずだ。おまえを愛したときから、すべてを擲《なげう》つ覚悟はできている……と」

「貴之……」

覚えている。金も地位も、なにもかも、柾のためなら捨てると云ってくれた。あのとき、自分も同じ覚悟ができると答えた柾に、その気持ちだけで嬉しいよ……と優しく笑った貴之。いまなら理解《わか》る。あのとき、貴之がどんな想いでそう云ってくれたか。どんな覚悟で自分を愛してくれたか。

「短冊に名前を書いてくれて、嬉しかったよ」

涙の滲《にじ》む目尻に優しくキスして、貴之は見とれるほど甘く頬笑んだ。

「黙って帰ろうとしてすまなかった。きっとおまえは翁との約束を守ろうとするだろうし、知らせれば却って辛い思いをさせると思ったんだ。近くにいるのに逢えないことほど苦しいことはない……そんな思いをさせたくなかった」

柾は頬の涙を手の平で乱暴に拭うと、ベッドに体を起こした。

「おれがじーさんが大切だから約束を守ってるんだと思ってるんなら、それは違うよ」

「……柾……？」

「おれが約束を守ってるのは貴之にこれ以上辛い思いをさせたくないからだ。おれのせいでじーちゃんに睨《にら》まれて、ニューヨークなんかに飛ばされて……今度なにかあったらそれくらいじゃすまないかもしれない、だから我慢してるだけだ。そうじゃなかったらいますぐにだっておれが貴之を攫《さら》って逃げるよ」

貴之は少し驚いたような表情で年下の恋人を見つめていた。起き上がった彼に向き直って、柾は正面から目を見つめた。真っ直ぐな、冴えた眼差しで。

「貴之――おれは、貴之から見たらまだガキかもしれないけど……でも、おれにだって覚悟があるってこと、覚えておいてほしいんだ。おれにとって、貴之以上に大切なものなんてこの世にない。これから先、歳取って死ぬまで、ずっと貴之と一緒に生きていきたい。――だから、いまは逃げたくないんだ。もう二度と約束は破らない。どんなに苦しくても、それがおれと貴之のためだって思うから」

「……柾……」

「あと一年だよ。二十歳になったら、今度こそ貴之のこと、迎えに行く。そのときは――」

ユトレヒト駅での約束を、必ず果たすから――

言葉は最後まで云えなかった。貴之のくちづけに吸い込まれてしまったから。

愛している……低い囁《ささや》きに、柾もくちづけで応えた。

愛してる。愛してる……何度となくくり返す甘い囁きとキスと抱擁で、十九歳の誕生日はゆっくりと更《ふ》けていった。

＊＊＊

「ってわけで、はい、金沢土産。あ、こっちはマスターに。いつもおまけしてくれるお礼」

大学の近くにある行きつけの喫茶店の店主は、「ぼくにまで悪いなあ」と嬉しそうに菓子の包みを受け取った。マスターの甘党は、常連客の間ではちょっと有名だ。

「金沢に行ってきたの？」

「うん、ちょっとバイトで。でも弾丸だったから観光はできなかったんだ。時間あったら、忍者寺とか行ってみたかったんだけどなー」

「……どうせ時間があればあったでベッドから出なかっただろうが」

「ん？　なんか云ったか？」

べつに……と悠一は肩を竦《すく》め、

「それにしても、なんでマスターには金沢銘菓でおれには兼六園のペナントなんだ」

「なに云ってんだよ、悠一のリクエストだろ。わざわざそれ買うためだけに兼六園行ったんだからな。ちゃんと部屋に飾れよ」

「佐倉くん、ペナント集めてるの？　えらい渋い趣味だねえ」

「べつに集めてるわけじゃ……わかったわかった、飾ればいいんだろ、飾れば」

やれやれと、土産物屋で一番大きかったという真っ赤なペナントを見遣る。

隣でジンジャーエールをストローで掻き混ぜている親友は、寝不足だというわりには晴れ晴れとした顔つきだ。心なしか肌つやもよく見えるのは、気のせいではないだろう。

詳しい事情は知らないが、昨夜、携帯電話越しに聞こえたよく通る男の声と、柾の様子からだいたいの事情は呑み込めた。誕生日プレゼント代わりのささやかなお膳立《ぜんだ》ては、とりあえず無駄にはならなかったようだ。

あなたの鉄の自制心も恋人の前では吹っ飛びますか——空港で別れ際に彼が見せた余裕の笑みを思い出していると、柾が肘《ひじ》で肘をつついてきた。

「貴之がさ、悠一のマンションにお礼送ったって」

「礼？　おれはべつになんにもしてないぜ」

「って云うだろうけど、感謝してるって伝えてくれって。おれからも……ありがとな、悠一」

「礼ならカササギに云えよ。昨日は七夕だったからな。ついでに橋渡ししてくれたんだろ」

そう嘯《うそぶ》いて熱いコーヒーを啜《すす》る悠一を、柾はもう一度肘でつついて笑った。久しぶりに見るような笑顔だった。

「そんな顔してるってことは、解禁になったのか？　じーさんとの約束」

「ううん、これまで通りだよ。で、考えたんだ。こっそり会うのがだめなら、堂々と会えばいいんだって。三人で」

「三人で？」

「そ。じーさんと貴之とおれの三人」

柾は晴れやかな、そして固い決意を秘めた目をしていた。

「次はおれがカササギ役になって、あの二人の橋渡しをする。前から、いつかどうにかしなきゃって思ってたのに、受験とかバイトとか自分のことだけで一杯一杯で……でも、あの二人を仲直りさせられるのはおれだけなんだ。だから、いつかなんて云ってないでとにかく動くことにした。それにさ、あの二人が和解すれば、貴之とおれも自由に逢えるようになるし
……なに笑ってんだよ」

「いや……おまえらしいと思ってさ。ま、上手《うま》くいくように祈ってるよ」

コツンと柾のグラスにコーヒーカップをぶつける。

たぶん、近々その願いは叶うだろう。経済界を掌握し、名誉も権力も恣《ほしいまま》にしながら柾にだけはからきし弱い二人が、渋々引っ張り出されて渋面をつき合わせている図が目に浮かぶようだ。ひょっとすると和解の日もそう遠くないかもしれないとすら、柾を見ていると思えてくる。

――実は、こいつが最強のラスボスなのかもな……。

ジンジャーエールを意地汚く最後の一滴まで飲み干そうとしている親友を横目で見ながら、

カウンターに頬杖《ほおづえ》をつき、悠一は四方堂グループの勢力図についてぼんやり思いを巡らせた。

後日、マンションにA5ランクの松阪牛三キロの塊と、高級海産物の「お礼」が届けられた。

「すっげー！　焼肉！　蟹《かに》！　アワビ！」

おれへの礼のはずが、柾の好物ばかりなのはどういうわけなのか……というか、なんでこいつが食べる気満々なのか、いささか理不尽を感じつつ、悠一はすでに焼肉のプレートはどこにしまったっけと考えはじめているのだった。

あとがき

文庫版ＴＯＫＹＯジャンクシリーズ「スイート・ホーム」をお届けいたします。

十巻にわたるシリーズも、いよいよ最終巻となりました。今回は「春にして君を離れ　Ⅱ」で遠距離恋愛になった柾と貴之のお話です。少しだけ成長した柾と、あいかわらずの甘々全開の貴之、楽しんでいただけたら幸いです。

シリーズ中で柾は大学生になり、留学をし、さらに社会人へと成長していきましたが、ジャンクシリーズは私自身を成長させてくれた作品でもあります。読み返すと時代や文化もいろいろと古く、稚拙な部分も多々ありますが、私にとって最も思い出深い、大切な作品です。

最初の雑誌掲載からエンドマークまで足かけ八年、文庫本にして十巻の長いシリーズを続けることができたのは、読者の皆様の支えがあったおかげです。〆切がどんなにキツくても、落ち込んだときも、皆様のお手紙や掲示板の書き込みからたくさんの力をもらいました。本当にありがとうございました。

また、旧ノベルズ版からずっと応援して下さり、書き直した部分や、細かな設定の変化にまで気がついてくれた方。とても嬉しかったです。文庫版も気に入って頂けますように。

そして、素晴らしいイラストを描いてくださった如月先生。

雑誌掲載、ノベルス、文庫……と、もう何十回と見返していますが、いつもその度にイラストの迫力、華麗さに感嘆してしまいます。文庫カバー折り返しにも、毎回楽しいコメントをありがとうございました。読ませていただくのがいつも楽しみでした。改めて、長い間本当にありがとうございました。

最後になりましたが、シリーズ執筆に当たりお世話になった各社担当様、本書の製作出版に携わって下さったすべての皆様、そして誰よりもルチル編集部のF様に、心から感謝の言葉を申し上げます。

それではまた。次回は、新しい作品でお目にかかれますように。

二〇一四年　初秋　ひちわゆか

✦初出　スイート・ホーム……………… ビーボーイノベルズ
「スイート・ホーム」（2002年1月）
アイジン…………………………… 小説b-Boy　2000年3月号
カササギの夜　II ………………… 書き下ろし

ひちわゆか先生、如月弘鷹先生へのお便り、本作品に関するご意見、ご感想などは
〒151-0051 東京都渋谷区千駄ヶ谷 4-9-7
幻冬舎コミックス　ルチル文庫「スイート・ホーム」係まで。

幻冬舎ルチル文庫

スイート・ホーム

2014年9月20日　　第1刷発行

✦著者	ひちわゆか
✦発行人	伊藤嘉彦
✦発行元	株式会社 幻冬舎コミックス 〒151-0051 東京都渋谷区千駄ヶ谷 4-9-7 電話 03(5411)6431［編集］
✦発売元	株式会社 幻冬舎 〒151-0051 東京都渋谷区千駄ヶ谷 4-9-7 電話 03(5411)6222［営業］ 振替 00120-8-767643
✦印刷・製本所	中央精版印刷株式会社

✦検印廃止

ISBN978-4-344-83232-9　C0193　Printed in Japan